DER SEXY TEIL

KYLIE GILMORE

Übersetzt von
ANNA DRAGO

Übersetzt von
KATRIN DOLLE

1

Rowan

Ich schiebe mir den Hochzeitsschleier aus dem Gesicht, während ich vom Tatort wegmarschiere, auch bekannt als meine Hochzeit. Wie kann er mir sowas antun? Und dann muss ich es von *ihr* erfahren? Nein. Einfach nein! *Brenn in der Hölle, Dave!*

Ich überquere die Straße zum Happy Endings, wo meine Hochzeitsplanerin hin verschwunden ist, um kurz bei einem Familienfest zu gratulieren. Ich habe nicht alle Details mitbekommen, da ich zu beschäftigt war, mich auf das, was der glücklichste Tag meines Lebens *hatte sein sollen*, vorzubereiten. *Grr …*

Ich starre finster auf das fröhliche Happy Endings-Schild über dem Eingang. Diese Bar ist möglicherweise für eine sehr lange Zeit das einzige Happy End in meinem Leben. Ich reiße die Tür auf und gehe hinein. In einem Restaurantbereich rechts von mir scheint eine riesige Menschenmenge die beste Zeit ihres Lebens zu haben. Geradeaus ist ein Tresen aus dunklem Kirschholz. Diese Bar ist mein zweiter Halt. Ich sehe mich zwischen den Anwesenden nach den langen rotblonden Haaren meiner Hochzeitsplanerin Hailey Campbell um.

Sie eilt auf mich zu, ihre Absätze klappern auf den Fliesen.

Schätze, ich bin nicht zu übersehen, wie ich hier in meinem Hochzeitskleid stehe.

Ich reiße mir den Schleier vom Kopf, und Haarnadeln fliegen durch die Luft. „Er hat mich sitzenlassen! Einfach auf und davon! Und ich musste es von seiner Ex-Freundin erfahren, die ich sowieso nicht auf der Hochzeit haben wollte!"

Hailey macht große Augen. „Ist er mit ihr gegangen?"

„Nein." Meine Stimme erstickt. „Sie war nur die selbstgefällige Botin."

Haileys mitleidiger Blick bringt mich in einer heißen Sekunde von wütend zu am Boden zerstört. Meine Unterlippe zittert. „Oh, Rowan, ich bin –"

Ich breche in Tränen aus.

Sie umarmt mich. „Das tut mir so leid!"

Ich halte mich an ihr fest, als hinge mein Leben davon ab, überrascht und erleichtert von der Umarmung. Schließlich haben wir eine rein berufliche Beziehung.

Ich löse mich von ihr und schniefe. „Ich habe sogar meinen Vater eingeladen, den ich seit drei Jahren nicht mehr gesehen habe. Das ist so demütigend!" Mein älterer Bruder, der Goldjunge, ist ebenfalls aufgetaucht. Alle sind immer noch gegenüber, wo die Hochzeit hätte stattfinden sollen, in einem historischen Herrenhaus namens Ludbury House. Ich kann sie noch nicht mit den schrecklichen Nachrichten konfrontieren.

Hailey klopft mir auf den Rücken. „Ich weiß. Kommen Sie mit mir. Ich hole Ihnen Wasser." Sie führt mich zur Bar.

„Wasser wird nicht reichen", verkünde ich laut.

Wir kommen an der Bar an, und ein Barkeeper in seinen Zwanzigern mit honigbraunen Haaren und warmbraunen Augen begrüßt mich. Sein Kinn ist stoppelig, aber auf eine ordentliche Weise, die sagt, dass das Absicht ist. „Hey", sagt er in einem beruhigenden Ton. „Alles, was Sie wollen. Geht aufs Haus."

Hat er die traurige Geschichte gehört, die ich Hailey erzählt habe? Ich hätte das wahrscheinlich leiser sagen sollen. Jetzt haben schon zufällige Fremde Mitleid mit mir.

„Das kann ich nicht machen. Ich werde bezahlen." Ich greife nach meiner Handtasche, aber ich habe sie nicht. Ich war nur wenige Minuten davon entfernt, die große Treppe hinunterzuschreiten, um mein Leben mit meiner Liebe, meinem besten Freund und Geschäftspartner zu beginnen. Ja, Dave ist alles drei. *War.* Mist! Das Geschäft!

Komm einfach durch den heutigen Tag. Das Geschäft kann bis Montag warten.

„Offene Bar für die Party", sagt er. „Was kann ich Ihnen bringen?"

Ich ziehe mein Hochzeitskleid mit mir auf einen Barhocker. Zum Glück habe ich keine Schleppe, nur endlose Schichten Tüll. Ich sehe aus wie eine verdammte Prinzessin kurz vor ihrem Happy End, nur, dass sich mein Prinz als ein Arschloch entpuppt hat. „Tequila."

„Sollen Sie haben", sagt er.

„Bitte", füge ich verspätet hinzu.

„Und Wasser auch." Hailey setzt sich auf den Hocker neben mir. „Was kann ich tun?"

Ich schlucke über den Kloß von Gefühlen in meiner Kehle. „Können Sie zurückgehen und allen sagen, dass die Hochzeit abgesagt ist? Mir ist das zu peinlich, um es zu erklären."

„Das muss Ihnen nicht peinlich sein", sagt Hailey. „Ich werde mich um alles kümmern. Sie nehmen sich hier alle Zeit, die Sie brauchen, okay? Bei Cooper sind Sie in guten Händen."

„Danke", bringe ich hervor.

Sie streckt ihre Handfläche aus. „Hier. Ich nehme Ihren Schleier mit und lege ihn zu Ihren Sachen."

„Ich will ihn nicht."

„Okay. Ich kümmere mich für Sie darum."

Ich atme zitternd ein. „Bin ich Ihre erste Braut, die sitzengelassen wurde?"

„Süße, ich hab schon alles gesehen. Nicht alle Hochzeiten verlaufen wie geplant, aber das ist in der Regel nur zum Besten." Sie drückt meine Schulter, wirft mir einen weiteren mitleidigen Blick zu und geht.

Cooper schiebt mir das Schnapsglas rüber, und ich kippe es herunter. Ich schaudere, bin nicht an harten Alkohol gewöhnt. Cooper lehnt sich lässig an die Bar und mustert mich. Plötzlich verlegen wische ich mir die Tränen aus dem Gesicht.

„Vielen Dank für den Drink", sage ich. „Ich heiße Rowan."

„Schön, Sie kennenzulernen, Rowan. Mein Name ist Cooper."

„Ja, hab ich gehört. Ich meine, schön, Sie kennenzulernen." Ich hebe mein Glas. „Kann ich noch einen bekommen?"

Er nimmt das Glas. „Haben Sie heute schon was gegessen?"

„Nur ein Stück Melone heute Morgen. Ich war zu nervös."

„Wie klingen ein Burger und Pommes?"

Ich sabbere fast. Ich habe die letzten sechs Monate mit einer Diät verbracht, um sicherzustellen, dass ich in mein Hochzeitskleid passe, das ein enganliegendes ärmelloses Oberteil hat. Ich nehme an, ich hätte es weiten lassen können, aber ich habe mich sofort in es verliebt und wollte nichts ändern.

„Das klingt großartig", sage ich. „Ich habe kein Geld bei mir, aber ich schwöre, ich kann das bezahlen. Meine Handtasche ist auf der anderen Straßenseite im Ludbury House."

„Keine Sorge. Ich werde die Bestellung aufgeben."

Er geht zur Küche nach hinten. Was für ein netter Typ! Und ich dachte, alle Männer sind Abschaum. Na ja, er ist eben die Ausnahme, die die Regel bestätigt.

Die Niedergeschlagenheit trifft mich wie ein Hammer, und ich lasse den Kopf in die Hände fallen. *Dave, was ist passiert?* Wir waren verliebt. Heiße Tränen stechen meine Augen. Ich dachte, ich hätte den perfekten Mann getroffen. Dave war charmant, unterstützend, gutaussehend. Wir waren Partner im Leben und in unserem gemeinsamen Werbegeschäft in New York City. Er war das Gesicht unserer Firma, toll darin, Kunden zu gewinnen. Ohne ihn wird es nicht funktionieren.

Wenn ich so zurückdenke, hat die Situation vor etwa

einem Monat begonnen, sich zu ändern, nachdem Dave bei einer Kajaktour mit Freunden fast ertrunken wäre. Er fing an, seltsame Sachen zu machen. Zum Beispiel hat er eine Hellseherin aufgesucht, für einen Marathon trainiert und seine Eier waxen lassen. Hatte er vor, nach einem Marathon auf Empfehlung seiner Hellseherin an einer Stripshow teilzunehmen? Bizarr!

Ich habe versucht, mit ihm darüber zu reden, aber er sagte, er wolle einfach das Leben in vollen Zügen leben, und dann hat er es so aussehen lassen, als versuchte ich, ihn zurückzuhalten, und müsste einfach lockerer werden. Die Wahrheit ist, ich konnte meinen Traum nicht loslassen, endlich eine eigene stabile Familie zu haben. Wir hatten darüber gesprochen, später mal Kinder zu haben. Ich wollte so sehr, dass alles gut wird, dass ich mir eingeredet habe, dass es so war.

Ich bin hergekommen, in den Vorort Clover Park, Connecticut, weil ich Großartiges über die Hochzeitsplanerin Hailey Campbell und Ludbury House gelesen habe. Hailey hat schon alle Arten von Hochzeiten ausgerichtet, sogar die einiger hochkarätiger Kunden. Und sie ist großartig darin, es zu einem reibungslosen, stressfreien Erlebnis für das Paar zu machen. Wie konnte ich da widerstehen?

Ich stütze den Kopf in eine Hand, lehne mich gegen die Bar. Der Tequila hat die Schärfe genommen. Hat Dave eine andere Frau?

Er schien beim Probeessen gestern Abend distanziert zu sein. Ich dachte, er wäre einfach müde wie ich. Ich trinke einen Schluck Wasser und wünsche mir noch einen Tequila. Was braucht der Barkeeper so lange? Ich sehe mich um. Ich bin jetzt die Einzige an der Bar. Musik plärrt aus einem Hinterzimmer. Scheint, als wäre die Party dorthin umgezogen. Irgendwelche Retro-Songs. Das lässt mich an meinen Hochzeitsempfang denken, der nie stattgefunden hat. Er wäre voller Musik und Tanz gewesen. Hailey und ich haben jeden Song, jeden Moment zusammen geplant. Ich wische eine weitere Träne weg.

Kurz darauf kommt Cooper mit meinem Burger und Pommes auf einem Tablett aus der Küche. Er stellt es vor mich. „Ich habe das selbst gemacht, damit Sie nicht so lange warten müssen."

„Wirklich? Danke!" Ich nehme einen Bissen vom Burger. *Mmmm, so gut!* Ich esse weiter und fühle mich jede Sekunde weniger weinerlich.

Nachdem ich den Burger gegessen habe, mache ich mich an die Fritten. „Sie sind ein großartiger Koch."

„Danke! Ich arbeite auch schon eine Weile hier."

Ich nehme einen Bissen von einer Fritte. „Ich bin sonst nicht so eine Heulsuse. Normalerweise habe ich die Kontrolle, volle Kraft voraus. Sie haben mich an einem wirklich schlechten Tag erwischt."

Er lehnt sich lässig an die Bar. „Sicher. Es war ein schlimmer Tag."

Ein paar Frauen in ihren Zwanzigern nähern sich der Bar. Ihre Gesichtszüge sind ähnlich genug, dass sie Schwestern sein können.

Die Brünette mit blauen Augen lächelt Cooper an. „Könnten wir ein paar Mojitos bekommen?"

Sein Lächeln erhellt sein Gesicht. „Sollt ihr haben."

Sie dreht sich zu mir um. „Tut mir leid, dass Sie so einen schrecklichen Tag haben."

Ich bin kurzzeitig sprachlos. Die Leute sind so freundlich in dieser Stadt. Außerdem spricht sich hier alles schnell herum. „Danke!"

Die andere Frau mit langen honigbraunen Haaren und haselnussbraunen Augen sagt: „Ich hasse Ihren Bräutigam allein aufgrund des heutigen Geschehens."

„Danke! Das weiß ich sehr zu schätzen." Sehen Sie sich an, wie diese zufälligen Fremden mich unterstützen! Und wo sind meine Freunde? Ich bin abgehauen, ohne irgendwem zu sagen, was passiert ist, aber Hailey muss die Situation inzwischen erklärt haben und wo ich bin. Darla, Meg und ich standen uns in der Highschool nahe, aber dann hat Darla geheiratet und ist nach Kentucky gezogen.

Meg ist mit mir in der City. Ich war wohl so damit beschäftigt, das Geschäft aufzubauen, dass ich nicht so viel mit Meg in Kontakt geblieben bin, wie ich es hätte tun sollen. Dennoch. Ich bin hier im Krisenmodus. Ich muss ihnen wohl eine Nachricht schicken und sie noch einmal daran erinnern, dass ich all meine Sachen im Ludbury House gelassen habe.

Schätze, letzten Endes muss ich doch an den Tatort zurückkehren. Aber noch nicht.

Ich sehe zu, wie Cooper die Drinks für die Damen mixt und anderen ein paar Biere serviert. Ich nippe an meinem Wasser, ein seltsames Gefühl von Lethargie übernimmt die Kontrolle. Ich bin normalerweise eine energiegeladene Typ-A-Person. Der ganze Rummel um die Hochzeit, nur, damit sie sich dann in Wohlgefallen auflöst, kann wirklich Spuren bei einem hinterlassen.

Nachdem die freundlichen Frauen ihre Getränke bekommen haben, sagt eine von ihnen: „Passen Sie auf sich auf."

Und die andere sagt: „Seien Sie stark", was mich zum Weinen bringt.

„Das werde ich, danke."

Jetzt sind es wieder nur Cooper und ich.

„Kann ich Ihnen sonst noch was bringen?", fragt er.

„Wasser ist gut. Ist es in Ordnung, wenn ich noch ein bisschen hierbleibe? Ich bin noch nicht bereit, zum Ludbury House zurückzukehren, um meine Sachen zu holen."

„Sie können hierbleiben, solange Sie wollen. Ich freue mich über die Gesellschaft."

„Ja?"

„Ja, bei Partys geht's in der Regel an der Bar eher langsam zu, wenn alle erst einmal ein paar Runden hatten."

„Was wird denn gefeiert?"

„Verlobung."

Ich hebe meine Hände wie Scheuklappen. „Ich sehe nicht hin."

Er lacht. „Wahrscheinlich nicht die Zeit dafür. Möchten Sie

darüber sprechen, was passiert ist? Ich bin ein guter Zuhörer."

„Das ist so ziemlich eine Grundvoraussetzung für einen Barkeeper, was?"

„Und ich dachte, ich hätte den Job wegen meiner Wahnsinns-Cocktailmixfähigkeiten."

Ich merke, dass ich lächle, was ein Schock ist. Ich hätte nicht gedacht, dass ich unter diesen Umständen lächeln könnte. Und dann stürzt all das schreckliche Zeug wieder auf mich ein, und plötzlich bin ich wieder nahe daran, in Tränen auszubrechen.

„Ja, es ist hart", sagt er, als könnte er meine verdammten Gedanken lesen. „Verstehe das vollkommen."

Ich ziehe eine Linie über den Tresen, bevor ich in seine warmen braunen Augen sehe. Sein Ausdruck ist so verständnisvoll, dass ich mich ihm anvertrauen möchte. „Ich kann heute Nacht nicht nach Hause gehen. Dave wird da sein. Wir leben zusammen in seiner Wohnung."

„Sie können bei mir schlafen. Ich nehme das Sofa, und Sie können mein Bett haben. Ich wohne hier im Ort."

Ich halte inne. Offensichtlich hat er nicht denselben Horrorfilm wie ich gesehen, den über einen gutaussehenden Fremden, der eine verletzliche Frau zu sich einlädt. Nein, nicht heute, Satan.

Nicht, dass Cooper Satan ist. Ich denke, er meint es gut.

Ich antworte höflich, aber entschieden. „Das ist sehr nett von Ihnen, aber ich frage einfach eine Freundin. Hoffentlich sind sie noch nicht weg. Ich dachte, sie würden hier auftauchen, nachdem Hailey es allen erzählt hat."

Er zieht sein Handy aus der Gesäßtasche. „Wollen Sie ihnen schreiben?"

Ich greife nach dem Handy, aber dann fällt mir ein, dass ich ihre Nummern nicht auswendig weiß. „Ihre Nummern sind in meinem Telefon gespeichert. Ich muss es nur holen." Ich zeige vage hinter mich. „Von dort drüben."

„Ich könnte Ihre Sachen holen. Lassen Sie mich nur wissen, wonach ich suchen soll."

„Nein, die sind in einer chaotischen Hochzeitssuite verstreut. Ich kann das machen."

Ich trinke einen langen Schluck vom Wasser, meine Gliedmaßen sind schwer. Die Energie, die nötig wäre, um von diesem Barhocker zu kommen, über die Straße zu laufen und sich einer voll dekorierten Hochzeitslocation zu stellen, ist zu viel. „Vielleicht später."

„Natürlich."

„Erzählen Sie mir von sich. Ich möchte aufhören, ständig an meinen Weltuntergangstag zu denken."

Seine Lippen heben sich. „Da gibt es nicht viel zu erzählen. Ich bin hier in Clover Park aufgewachsen, liebe es, will nie weg. Mir gefällt es, hier zu arbeiten."

„Was noch?"

„Mal sehen. Ich mag Basketball – spielen, nicht zusehen. Baseball macht auch Spaß. Ich nehme das Leben, wie es kommt, und das Leben ist gut."

„Sie klingen wirklich glücklich."

„Das bin ich."

„Mehr", sage ich.

Er lächelt fröhlich und erzählt von seiner großen Familie und all dem Spaß, den er als Kind mit seinen Cousins hatte. Ich kann mir die Namen nicht merken, es sind zu viele. Ich sauge einfach die Wärme in seiner Stimme auf, mit ihrem tiefen beruhigenden Tonfall, der mich in eine andere Welt voller Liebe und guter Zeiten hineinzieht.

Schließlich sagt er: „Und das war's."

Ich starre ihn einen langen Moment an.

„Was?"

„Wissen Sie, wie selten das ist? Alles am Leben zu lieben? Eine so große glückliche Familie zu haben?"

„Nun, wir sind nicht immer glücklich. Ich habe Ihnen die Highlights genannt. Es hat auch ein paar harte Sachen gegeben, aber wir halten zusammen."

Der Neid trifft mich wie ein scharfer Stich. Er *gehört dazu*. „Sie haben Clover Park also nie verlassen?"

„Ich bin zum College gegangen. Und zurückgekommen. Es ist mein Zuhause."

„Wow! Tiefe Wurzeln."

„Schätze, das könnte man wohl sagen."

Ich denke an den Umbruch in meiner eigenen Kindheit zurück und beende diesen Gedankengang schnell. Ich muss mich auf die Krise konzentrieren, mit der ich gerade zu kämpfen habe.

Eine rothaarige Frau nähert sich der Bar und sagt mit rauer Stimme zu Cooper: „Da bist du ja!"

Cooper lächelt, seine Stimme warm. „Hey, Gina. Wie läuft's?"

„Gut. Gibt's hier irgendeine Art von Veranstaltung?"

„Ja, aber du kannst bleiben, wenn du willst. Was kann ich dir bringen? Offene Bar, geht also aufs Haus."

„Wirklich? Ich hätte gern einen Pinot Grigio."

„Sollst du haben." Er nimmt ein Glas und serviert ihr den Wein. „Wie gefällt dir das Apartment?"

„Fantastisch. Ich kann dir gar nicht genug danken."

„Kein Dank notwendig. Ich kenne Leute für alles."

Ihre Stimme wird flirtend. „Du solltest mal vorbeikommen. Dir ansehen, was ich daraus gemacht habe."

„Ich wette, es ist großartig."

„Wie wär's mit heute Abend?"

„Kann nicht. Muss lange arbeiten. Wir verschieben das?"

„Natürlich." Sie trinkt einen Schluck Wein und wendet sich zum Essbereich. „O mein Gott, ist das Shayla Adler? Ich liebe ihre Filme!"

„Ja, ist ihre Verlobungsfeier."

Sie springt auf.

Shayla Adler ist hier? Ich entdecke sie mit einem kleinen Brautschleier, der an ihre Haare gesteckt ist. Normalerweise würde ich sie auch treffen wollen, aber nicht, wenn sie im Brautmodus ist. Ich glaube nicht, dass ich einen Glückwunsch herausbringen kann, nachdem ich an meinem Hochzeitstag sitzengelassen wurde.

Feierliches Gelübde an mich selbst: nie mehr Männer, niemals.

Cooper kommt zu mir. „Wie geht's Ihnen? Noch ein Wasser?"

Ich blicke auf mein leeres Glas hinunter. „Wird wahrscheinlich Zeit, dass ich gehe."

„Warten Sie." Und dann überrascht er mich, indem er sich durch eine halbe Tür an der Bar schiebt und sich mir anschließt. „Ich werde mit Ihnen Ihre Sachen holen. Ich bin mir sicher, dass Sie sich besser fühlen, wenn Sie erst einmal Ihre normalen Sachen anhaben."

„Müssen Sie denn nicht arbeiten?"

„Ich bin Gast auf dieser Party. Jeder kann sich selbst was nehmen."

Mir bleibt der Mund offenstehen „Ein Gast als Barkeeper? Aber Sie sind auch in die Küche gegangen."

Er lacht. „Ich arbeite hier, aber ich hatte heute Abend frei für die Party."

Ich mache vage Gesten dorthin, wo die flirtende Gina hin verschwunden ist. „Aber Sie haben Gina gesagt, dass Sie lange arbeiten müssen."

„Weil ich für Sie da sein wollte."

Er reicht mir seine Hand, um mir vom Barhocker zu helfen. Ich nehme sie, und bei der Berührung fährt ein Kribbeln meinen Arm hinauf. *Was war das?*

Ich lasse schnell seine Hand los und überprüfe mein Kleid, um sicherzugehen, dass es nicht irgendwo hochsteht und mich entblößt.

Er sieht mich von allen Seiten an. „Alles bedeckt. Gehen wir."

Und dann bietet er mir seinen Arm an, wie in einem Film. Wer ist dieser Typ? Er wartet geduldig, während ich seinen Arm anstarre und dann ihn.

Seine Augen sind aufmerksam auf meine gerichtet. „Das Schöne daran, meinen Arm zu halten, ist, dass Sie sich keine Sorgen machen müssen, dass Ihre Absätze in einem Spalt im

Bürgersteig oder auf dem gepflasterten Weg zum Ludbury House steckenbleiben."

Ich lege vorsichtig meine Hand auf seinen Arm und treffe auf harte Muskeln. Hitze blitzt durch mich. Ich muss heute verrückt sein. Ich habe noch nie so instinktiv auf eine einfache Berührung reagiert. „Woher wissen Sie von Frauenzeug wie Absätzen?"

„Meine Mom lebt in Heels." Er führt mich zur Tür. „Und ich habe eine Schwester, die sich über Absatzschuhe beschwert. Das ist die, die gesagt, es täte ihr leid, dass Sie einen so schlimmen Tag haben."

„Oh, ich dachte ... Ach, egal."

„Was?"

„Mehrere hübsche Frauen sind an die Bar gekommen und schienen sich zu freuen, Sie zu sehen."

Er hält mir die Tür offen, führt mich die beiden Stufen hinunter und legt meine Hand wieder auf seinen Arm. „Schätze, ich bin ein Typ, den man einfach mag. Mein Geheimnis ist, dass ich selbst jeden mag. Die Leute spüren das, und dann wollen sie einen auch mögen."

Ein silberner Toyota bremst in unserer Nähe. Das Fenster wird runtergefahren. Es ist meine Freundin Meg, die mit Darla auf dem Beifahrersitz fährt.

Meg winkt wie wild. „Tut mir leid! Wir haben so lange wie möglich gewartet, dass du zurückkommst, aber wir haben gerade gehört, dass Sam im Krankenhaus ist. Sein Blinddarm ist gebrochen. Darla will sofort nach Hause fliegen, und ich bringe sie zum Flughafen." Sam ist Darlas Ehemann.

„Tut mir leid!", ruft Darla. „Wir reden bald, okay?"

„Ja, klar. Fahrt nur. Ich verstehe das."

Sie fahren davon. Hat Hailey ihnen nicht gesagt, dass ich im Happy Endings bin? Vielleicht dachten sie, ich würde zum Ludbury House zurückkommen, um meine Sachen zu holen. Was für ein Misttag. Meine Augen werden heiß, Tränen drohen.

„Geht's Ihnen gut?", fragt Cooper.

Ich breche wieder in Tränen aus. Verdammt! Das bin gar nicht ich.

Cooper legt eine Hand auf meinen Arm. „Es ist okay, wenn …"

Den Rest dessen, was er sagt, kann ich über mein Schluchzen nicht hören. Meine Knie werden weich. Ich möchte mich nur auf den Bürgersteig fallen lassen und in einer Tüllpfütze weinen.

„Ah!" Ich reiße die Augen weit auf. Cooper hat mich gerade hochgehoben!

Er trägt mich in seinen Armen. „Ich werde diese Operation nur beschleunigen. Du kannst weiterweinen."

Er ist einfach so zum Du übergegangen, und es tut mir gut. Ich beuge mich in seine warme Brust und lasse die Tränen frei fließen, bis ich nichts mehr habe. Als ich die Augen öffne, sind wir auf der wunderschönen Veranda des Ludbury House. Das weiße Herrenhaus ist zweieinhalb Stockwerke hoch, mit Säulen davor.

Er stellt mich ab und öffnet die schwere Holztür. „Nicht verschlossen." Er hält sie mir auf. Ich gehe hinein und wappne mich, all die Seidenschleifen und Blumen von meiner Hochzeit zu sehen.

„Es ist alles schon aufgeräumt", sage ich erstaunt.

„Es ist doch erst ein paar Stunden her."

„Wirklich?"

Er zwinkert. „Die Zeit vergeht wie im Flug, wenn man mit einem charmanten Barkeeper rumhängt."

„Vielen Dank, Cooper. Ich gehe jetzt hoch und ziehe mich um."

„Kein Problem. Ich warte hier auf dich."

„Das musst du nicht."

„Ich will nur sichergehen, dass du auf den Füßen landest. Jetzt ist nicht die Zeit, sich dem allein zu stellen."

Meine Kehle zieht sich zusammen. „Vielen Dank!"

„Kein Dank nötig."

Ich bin plötzlich überwältigt von der Freundlichkeit und Großzügigkeit, die er mir zeigt. Ich will ihn umarmen, halte mich aber zurück, weil wir uns gerade erst kennengelernt haben. Natürlich habe ich eben noch in sein Hemd geschluchzt, während er mich in den Armen gehalten hat. „Ich werde den Gefallen irgendwann erwidern."

Er schüttelt den Kopf. „Das ist kein Handel, Rowan. Ich erwarte nichts im Gegenzug. Tatsächlich will ich auch nichts. Ich will nur wissen, dass du heute Abend an einem sicheren Ort landest."

Meine Lippen zittern, als ich mich daran erinnere, dass er seine Wohnung angeboten hat. Und dann erinnere ich mich daran, wie sehr es mir gefallen hat, ihn zu berühren. Meine Wangen werden rot. *Nie mehr Männer, niemals.*

Ich wirbele herum und eile die große Treppe hinauf.

2

___

Cooper

Ich sehe nach der Uhr auf meinem Handy. Rowan ist jetzt schon eine halbe Stunde da oben. Mom und MacKenzie brauchen immer ewig, um sich fertigzumachen, also verstehe ich, wenn es eine Weile dauert, aber ich dachte, Rowan würde so schnell wie möglich hier abhauen wollen.

Ich überlege, nach oben zu gehen, um nach ihr zu sehen. Ein paar Minuten gebe ich ihr noch. Ihr ehemaliger Verlobter muss ein Idiot sein. Allein schon in der kurzen Zeit, die ich heute mit ihr verbringen durfte, habe ich eine kluge, schöne Frau mit Grips gesehen. Ich weiß, ich weiß, ich sollte nicht bemerken, dass sie schön ist. Falsche Zeit. Aber, hey, ich bin auch nur ein Mensch.

Das heißt nicht, dass ich mit ihr was anfangen will. Ich kann ihr helfen, darf ihr nur nicht zu nahe kommen. Meine letzte ernsthafte Freundin war ein Chaos, als wir uns trafen. Ich habe ihr geholfen, ihr Leben wieder auf die Reihe zu bringen, und sobald ich das getan hatte, ist sie weitergezogen.

Ich gehe hinten in die Küche und werfe einen Blick in den Kühlschrank. Mom füllt ihn normalerweise mit Hochzeitsresten für das Personal auf. Mmmm, der Schokoladenkuchen sieht gut aus, in Scheiben geschnitten und schon auf Tellern. Vielleicht will Rowan welchen.

Ich gehe zurück ins Foyer und bewundere die große Treppe. Ich habe einen Großteil meiner Kindheit damit verbracht, in diesem Haus herumzulaufen. Wann immer wir einen Tag schulfrei hatten, hat Mom uns Kinder mit hierhergenommen, wo sie ein Büro hat. Mein Traum war es, das Geländer der großen Treppe hinunterzurutschen. Leider hatte Mom Augen im Hinterkopf und vereitelte jede Anstrengung.

Als ich neun war, bin ich die Treppe auf einem antiken Tablett, das ich in einem der Zimmer oben gefunden hatte, heruntergerutscht. Es war großartig. Ich hätte meinem fünfjährigen Bruder Finn fast das gleiche tolle Erlebnis ermöglicht, als Mom den ganzen Spaß ruiniert hat. Danach mussten wir in ihrem Büro bleiben, während sie gearbeitet hat. Meine ältere Schwester, MacKenzie, hat gern Hochzeitsplanerin in Moms Büro gespielt. Jetzt ist MacKenzie gegen die Liebe. Ironie.

Ich sehe noch einmal auf die Uhr. Irgendwas stimmt nicht. Ich jogge nach oben und finde meinen Weg in die Hochzeitssuite. Das Geräusch von Rowans Weinen erreicht mich, bevor ich nah genug bin, um anzuklopfen. Genau deshalb bin ich hiergeblieben. Es geht ihr gar nicht gut.

Ich klopfe an. „Rowan, ist alles gut da drin?"

„J-ja."

„Hast du dich umgezogen?"

„Schätze schon."

Ich öffne die Tür auf und gehe hinein. Sie sitzt in Jeans und einer halb zugeknöpften Bluse, die ein köstliches Dekolleté zeigt, auf dem Boden. Keine Socken oder Schuhe. Nichts gepackt. Sie starrt nur auf ihr Handy und weint.

Ich hocke mich neben sie. „Hey, lass mich nach deinen Socken und Schuhen suchen, während du den Rest deiner Bluse zuknöpfst."

Sie hält mir ihr Handy hin. „Meg und Darla haben geschrieben und angerufen, aber niemand sonst."

„Von wem hattest du gehofft zu hören?"

„Ich dachte, mein Dad und mein Bruder würden sich wenigstens ein bisschen Sorgen machen."

„Vielleicht wussten sie nicht, was sie sagen sollten."

Sie verzieht das Gesicht und wischt sich die Tränen weg. „Warum bist du so optimistisch? Ich glaube, sie scheren sich einen feuchten Kehricht um mein Glück."

„Fühlst du dich besser, wenn du das denkst?"

„Nein!"

„Okay, dann nehmen wir meine Erklärung. Komm schon, holen wir dich vom Boden." Ich helfe ihr auf. Sie ist groß für eine Frau. Wenn sie also in voller Größe steht, ist ihr Gesicht nahe bei meinem. Das Verlangen regt sich, und ich ignoriere es, indem ich zurücktrete. Ich treffe viele Frauen, aber es ist eine Weile her, seit ich mich so gefühlt habe. Am Haken, mehr wollend, trotz der Umstände. *Geh nicht in diese Richtung. Sei klug.*

Ihr Hochzeitskleid ist über einen gepolsterten Stuhl gelegt. Mom wird es später spenden.

Ich öffne den Schrank und finde ein blaues Kleid, Turnschuhe mit Socken darin und einen roten Koffer mit Rädern. „Treffer!" Ich lege den Koffer beiseite und gebe ihr die Socken und Schuhe.

„Dave hat den Mietwagen zurück in die Stadt genommen", sagt sie. „Ich habe eine Nachricht von ihm bekommen."

Das Arschloch hat sie gestrandet zurückgelassen. Was um alles in der Welt hat sie in diesem Kerl gesehen?

„Ich bringe dich überall hin", sage ich.

„Irgendwann kann ich den Zug nehmen." Sie stemmt die Hände in die Hüfte und sieht sich um. „Es gibt noch mehr Dinge, die in den Koffer müssen. Eine Schminktasche, Frisiersachen, einen Spiegel, Parfüm, mein Glückskaninchen."

Ich neige den Kopf. „Ich dachte, eine Hasenpfote bringt Glück."

„Das ist barbarisch. Nein, das ist das Glückskaninchen aus meiner Kindheit. Sein Name ist Lucky, obwohl ich das aus offensichtlichen Gründen ernsthaft überdenke."

Ich kann kein Kaninchen sehen. Ich blicke auf. Lucky, das

Kaninchen, hängt oben am Deckenventilator. Ich springe auf und packe es.

Rowan seufzt. „Darla versteckt das Ding seit der Highschool. Sie hält das für lustig."

Ich kuschele das Kaninchen an meine Brust. „Nichts ist lustig daran, ein Stoffkaninchen mit sich rumzuschleppen." Ich halte das Kaninchen an mein Ohr und wende mich zu ihr. „Hast du Plüschkarotten? Er sagt, er ist hungrig."

Sie nimmt ihn mir weg. „Ist ja nicht so, als würde ich ihn allen zeigen. Ich habe ihn einfach in meinem Koffer. Ach, egal." Sie stellt ihren Koffer auf eine lange Ottomane und steckt Lucky in eine Ecke, holt dann ihr blaues Kleid aus dem Schrank und legt es ebenfalls hinein.

Am Schminktisch steht eine Makeup-Kollektion, also gehe ich hinüber und suche nach der Kosmetiktasche. Ich finde sie auf dem Boden hinter dem Schminktisch. „Was haben deine Freundinnen hier drin gemacht? Verstecken mit deinem Zeug gespielt?"

Sie schüttelt den Kopf. „Ich hab sie geworfen, als Michaela, die Ex-Freundin meines Verlobten, kam, um zu verkünden, dass Dave gegangen ist, weil er beschlossen hat, mich doch nicht heiraten zu können."

„Hast du sonst noch was geworfen?"

„Nein, normalerweise bin ich nicht anfällig für Wutanfälle. Hättest du den selbstgefälligen Blick in ihrem Gesicht gesehen, hättest du auch was geworfen."

„Da bin ich mir sicher. Ich werde nach dem Rest deiner Sachen suchen."

Ich gehe den Flur hinunter und schaue ins Bad. Da ist das ganze Haar-Zeug. Sie hat wahrscheinlich eine Steckdose in der Nähe des Spiegels gebraucht. Ich sammle Gel, Mousse, Haarspray und einen Lockenstab ein und gehe zurück in ihr Zimmer.

Sie hängt gerade ihr Hochzeitskleid in den Schrank.

„Ich habe die Haarsachen gefunden", sage ich. „Ist das alles?"

Sie dreht sich um und wischt eine Träne von der Wange. „Ja. Ich lasse das einfach hier."

„Okay." *Mom wird wissen, was damit zu tun ist.*

Ich packe das Haarzeug in ihren Koffer und schließe ihn. „Wie wär's mit Kuchen? Ich habe welchen im Kühlschrank unten gesehen."

„Meinen Kuchen? Die dreilagige Schokolade mit Kirschfüllung?"

„Ich glaube schon. Ist das schlimm?"

„Ich hatte mich wirklich auf diesen Kuchen gefreut."

„Dann okay. Gehen wir. Ich habe den Koffer. Nimm deine Handtasche."

Sie zögert.

„Es sei denn, du möchtest lieber nach Hause gehen. Ich kann dir Kuchen zum Mitnehmen einpacken."

„Zuhause ist Daves Wohnung. Wir haben gerade die Anzahlung für eine Eigentumswohnung hinterlegt und eine Hypothek genehmigt bekommen, aber auf ein einziges Gehalt kann ich sie nicht stemmen." Sie kneift sich in die Nasenwurzel. „Ich bin mir nicht sicher, wohin ich damit soll. Ich bin erschöpft und kann nicht gerade denken."

„Ich kann für heute Nacht ein Plätzchen für dich finden. Muss ja nicht bei mir sein."

Sie atmet tief durch. „Ich würde gern die Realität noch weiter aufschieben. Lass uns Kuchen essen."

Sie hebt ihre große Handtasche vom Boden auf und geht hinaus. Ich folge ihr. Sie bleibt unterwegs stehen, um den Kopf ins Bad zu stecken, und keucht.

„Cooper! Warum hast du mir nicht gesagt, dass ich wie ein Waschbär aussehe? Sieh dir meine Mascara und meinen Eyeliner an. Was für ein Chaos!"

„Es schien mir im großen Ganzen nicht wichtig zu sein." Ehrlich gesagt, mindert es nicht ihre Schönheit.

Sie wühlt in ihrer Handtasche und findet ein Reise-Make-up-Tuch, das ihre Augen fachmännisch reinigt. Dann dreht sie es um und reinigt ihr ganzes Gesicht.

Sie dreht sich zu mir um, mit frischem Gesicht und atemberaubend schön. „Besser?"

„Ja. Gut. Sogar großartig." Ihre Haut ist makellos, ihre Augen glitzernd blau, ihre Nase süß und nach oben gerichtet, ihre Lippen voll und üppig. Ich scheine den Blick nicht abwenden zu können.

Sie lächelt mich unsicher an. „Danke!"

Sie geht zur Treppe. Auf halbem Weg nach unten sagt sie: „Das sollte mein großer Moment auf der großen Treppe sein."

„Jetzt ist es ein kleiner Moment auf dem Weg zu besseren Momenten."

„Kann ich deine positive Einstellung in Flaschen füllen?"

Ich senke meine Stimme auf einen rauen Ton, wie sie in der Parfümwerbung sprechen. „Positivity – by Cooper."

„Die Leute würden dieses Parfüm überall sprühen. Wir werden Million machen."

„Ganz richtig."

Wir erreichen das Foyer, und sie lächelt mich an. Sie ist eine Kämpferin. Ich übernehme die Führung in Richtung Küche im hinteren Teil des Herrenhauses. Hier stehen ein kleiner Tisch und Stühle für das Personal.

„Setz dich", sage ich und stelle ihren Koffer in die Nähe. Ich nehme das größte Stück Kuchen aus dem Kühlschrank, damit wir es uns teilen können. Cool. Es gibt auch Champagner. Ich bringe beides an den Tisch. Ich bin mir sicher, dass es von Rowans Hochzeit ist, also würde Mom nichts dagegen haben, dass wir es nehmen.

Ich gehe zum Schrank auf der Suche nach Gläsern.

Als ich ihr Glas auf den Tisch stelle, sehe ich, dass sie schon mit ihrem Finger Kirschfüllung aus dem Kuchen gewischt hat. „Gut?"

Sie nickt und konzentriert sich darauf, die guten Sachen herauszupicken.

Ich hole Servietten und Gabeln und lege sie uns auf den Tisch. Dann halte ich besagte Champagnerflasche hoch.

„Ach, warum nicht? Ich habe das gute Zeug genommen."

Ich lasse den Korken knallen und gieße ein paar Gläser

ein. Nachdem ich bei ihr am Tisch bin, will ich mir eine Gabel voll Kuchen erlauben. Sie schirmt ihn mit beiden Händen vor mir ab.

„Ich brauche mein eigenes Stück", sagt sie.

„Alles klar." Ihr Stück ist eher wie eine riesige Platte, aber jetzt ist nicht der richtige Zeitpunkt, das zu erwähnen. Ich nehme ein kleineres Stück aus dem Kühlschrank.

Dann geselle ich mich zu ihr an den Tisch und nehme eine Gabel. „Mmm, der ist fantastisch."

„Ich weiß", sagt sie und hält nicht inne bei ihrer sorgfältigen Zerlegung des Kuchens. Jetzt nutzt sie die Gabel, um die gesamte Füllung aus jeder Schicht zu kratzen, und lässt den Kuchenteil in Krümeln zurück.

Wir essen in geselliger Stille. Nachdem ihre Platte nichts anderes ist als Kuchenbrocken – sie hat ausschließlich die Füllung und den Zuckerguss gegessen – legt sie ihre Gabel ab.

„Magst du den Boden nicht?", frage ich.

„Nicht mein Favorit. Jetzt fühle ich mich besser. Der Zuckerrausch hilft."

„Gut."

Sie schlürft ihren Champagner. „Ich habe für diese Hochzeit alles gegeben, weil ich dummerweise versuchen wollte, meinen Vater zu beeindrucken. Wir haben seit Jahren nicht miteinander gesprochen. Ich schätze, wir haben uns immer noch nicht viel zu sagen. Er ist ohne Abschied gegangen."

„Tut mir leid, das zu hören."

Sie beobachtet die Blasen in ihrem Champagner. „Er ist Unternehmensanwalt und ein Workaholic. Ist wahrscheinlich gleich nach Hause geeilt, um mit einem anderen Fall anzufangen. Wochenenden sind nur ein weiterer Tag für ihn. Mein Bruder hat eine ähnlich beeindruckende Karriere. Cade ist Neurochirurg und seine Frau Psychiaterin."

„Stehst du deinem Bruder nahe?"

Sie trinkt mehr Champagner. „Nicht wirklich. Wir haben nicht viel gemeinsam, und er ist sehr beschäftigt. Das bin ich auch. Aber hey, ist schon in Ordnung. Weniger Gelegenheiten für mich, sie zu enttäuschen." Sie seufzt. „Ich werde den Erwartungen meiner Familie nie gerecht. Ich stehe dem immer nach."

„Hey, sei nicht so streng mit dir. Ich bin mir sicher, dass du viele großartige Qualitäten hast. Ich merke, dass du mutig bist. Einige Bräute wären in einer Tüllwolke zusammengebrochen."

Sie starrt mich an. „Du weißt, was Tüll ist?"

„Mom ist Hochzeitsplanerin."

Ihre Augen werden größer. „Hailey ist deine Mom?"

„Habe ich das nicht erwähnt?"

„Nein, du siehst nicht aus wie sie. Ich dachte, du wärst nur der Barkeeper."

Ich runzele die Stirn. „Nur der Barkeeper? Du solltest wissen, dass ich den Laden mit meinem Dad führe. Eines Tages wird er mir gehören."

Sie hält ihre Handflächen hoch. „Nichts für ungut. Das ist ein großartiger Laden. Mich hat nur die Tatsache umgehauen, dass du Haileys Sohn bist."

„Im Aussehen komme ich mehr nach Dad."

„Er muss gut aussehen." Sie schlägt sich die Hand vor den Mund, als ob sie nicht glauben kann, dass sie das gesagt hat.

Meine Lippen biegen sich nach oben. „Danke! Wie auch immer, der Grund, warum ich dich für mutig und stark halte, ist, dass du, anstatt zusammenzubrechen, wütend geworden bist und eine Verlobungsparty überstanden hast."

„Weil du mich von den Festlichkeiten abgelenkt hast." Sie bedient sich selbst mit Schokoladenglasur von meinem Kuchen. „Ich frage mich, ob ich, wenn ich anders erzogen worden wäre, jetzt massiv erfolgreich wäre wie mein Bruder?"

„Nach wessen Definition von Erfolg?"

„Du weißt, was ich meine. Er ist Neurochirurg. Ich leite eine kleine Werbeagentur. Sie ist profitabel, aber nicht dort, wo wir sein sollten."

„Warte mal! Wurdet ihr denn nicht auf die gleiche Weise erzogen?"

Sie schüttelt den Kopf. „Ich wurde von meiner Großmutter aufgezogen. Cade von Dad. Lange Geschichte."

„Kann ich die Kurzversion bekommen?"

„Mom ist gestorben, als ich zwölf war. Dad hat mich zu Grandma verschifft und meinen Bruder behalten."

Mir bleibt der Mund offenstehen „Warum?"

Sie sieht mir in die Augen und sagt sachlich: „Weil er nicht wusste, wie man ein Mädchen im Teenageralter großzieht."

Whoa. Sie hat ihre Mom verloren, und dann hat ihr Dad sie verlassen? Ich weiß nicht, was ich sagen soll. Ich will definitiv nicht, dass sie sich nach dem Tag, den sie hatte, noch schlechter fühlt.

„Hast du gern bei deiner Großmutter gelebt?" Das ist das einzige neutrale Terrain, das mir einfällt.

Sie wischt Kirschfüllung von meinem Kuchen und isst sie. „Grandma war nach dem Verlust ihrer Tochter von Trauer überwältigt und wollte, dass ich ihren Platz einnehme. Wie konkurriert man mit einem Geist?" Sie zuckt mit den Schultern. „Mom war Vizepräsidentin einer Werbeagentur. Ich leite eine Werbeagentur. Das Beste, was ich tun konnte."

„Das ist großartig! Du solltest stolz sein."

„Ich leite sie mit meinem Ex."

Ich unterdrücke ein Zucken. „Nur mit ihm?"

„Ja."

„Das ist ätzend."

„Mmm-hmmm." Sie starrt auf das, was von meinem Kuchen übrig ist, und schiebt sich vom Tisch zurück. „Ich sollte gehen."

„Natürlich." Ich mache mich kurz daran, den Tisch abzuwischen und das Geschirr in den Geschirrspüler zu stellen.

„Wow! Du bist effizient."

„Es ist wie die Arbeit im Restaurant. Dad hat mich am Anfang die Tische abräumen lassen, und ich musste mich hocharbeiten."

„Was hast du am College gemacht? Ich meine, welches Hauptfach?"

„Wirtschaft. Ich hatte überlegt, bei einem Unternehmen

anzufangen, aber jeden Sommer hab ich im Happy Endings gearbeitet, und es fühlte sich einfach an, als würde ich dorthin gehören."

„Ich glaube, ich habe nie gewusst, wohin ich gehöre." Ihre Stimme klingt ganz leise.

Mein Instinkt sagt, ich solle sie an mich ziehen, aber ich habe sie schon genug berührt, als ich sie hierher getragen habe, während sie weinte. Ich will nicht lügen, ich habe das Gefühl, sie in meinen Armen zu haben, gemocht, obwohl ich mich wegen ihrer Tränen schrecklich fühle. *Grenzen.*

„Du wirst den Platz schon finden, an den du gehörst", versichere ich ihr.

Auf dem Weg zurück zum Happy Endings ist sie still, und ich gebe ihr etwas Raum. Ich bin mir sicher, dass es nicht einfach ist, mit einer Trennung und einer Arbeitskatastrophe gleichzeitig umzugehen. Ganz zu schweigen davon, dass sie mit dem Kerl zusammenlebt. Ihr ganzes Leben ist gerade implodiert.

„Mein Auto steht hinten", sage ich, als wir zum Happy Endings kommen. „Ich kann dich für die Nacht zu meinen Eltern bringen. Sie haben ein Gästezimmer."

Sie bearbeitet ihre Unterlippe. „Nichts gegen deine Mom, aber sie war meine Hochzeitsplanerin, und es ist zu früh für die Erinnerung an alles, was mit der Hochzeit zu tun hat."

In dem Moment kommen MacKenzie und Harper aus dem Happy Endings. Meine Schwester und meine Cousine können helfen. Ich stelle sie Rowan vor.

MacKenzie blickt mich an und wendet sich dann Rowan zu. „Cooper ist berühmt dafür, Frauen zu retten. Wie macht er sich?"

Rowan öffnet überrascht den Mund. „Äh … gut."

„Ich rette nicht ständig Frauen", sage ich abwehrend. „Ich helfe manchmal einfach aus."

„Normalerweise sind sie auch schön", sagt Harper.

Jetzt klinge ich wie ein Arschloch, das schöne Frauen ausnutzt. „Nun, Harp, es scheint, als würden die Schönen oft den Kürzeren ziehen. Wie Rowan hier."

Rowan hebt die Hand an ihren Hals, ihre Wangen werden rosa.

„Jeder kann sehen, dass du schön bist", sage ich ihr, als ob es eine objektive Tatsache ist, anstatt eine Anziehung, die von Minute zu Minute wächst. Ich drehe mich zu MacKenzie und Harper um. „Sie braucht irgendwas, wo sie heute Nacht bleiben kann. Könnte sie mit zu euch?"

„Oh, nein, das geht nicht", sagt Rowan. „Ich gehe in ein Hotel."

„Sie wohnt mit ihrem Ex-Verlobten zusammen", erkläre ich.

„Du musst nicht mehr erklären", sagt Harper. „Du bist dabei."

„Aber klar", sagt MacKenzie. „Wir haben ein Haus mit vier Schlafzimmern, und da wohnen nur wir beide. Zwei unserer Mitbewohner sind ausgezogen."

Rowan blickt von MacKenzie zu Harper. „Seid ihr euch sicher? Ich meine, wir haben uns ja gerade erst kennengelernt."

„Du hast sie auch vorhin in der Bar getroffen", werfe ich ein. „Klingt nach einer soliden Freundschaft."

„Sisters vor Misters ist mein Motto", sagt MacKenzie. „Und du bist eine Schwester in Not."

„Und siehst nicht wie ein Axtmörder aus", fügt Harper hinzu.

Rowan lacht auf. „Das bin ich nicht."

„Bist du allergisch gegen Katzen?", fragt MacKenzie.

Rowan schüttelt den Kopf. „Dave ja. Ich weiß nicht, warum ich gerade meinen Ex erwähnt habe. Wen interessiert das!"

„Dann ist das abgemacht", sagt MacKenzie. „Wir wohnen direkt um die Ecke. Wir können dorthin laufen."

Ich folge ihnen. „Ihr Kater heißt Felix, und er mag nur MacKenzie."

Rowan hält mich mit einer Hand an meinem Arm an, stellt sich auf Zehenspitzen und küsst meine Wange. Wärme rauscht durch mich. „Vielen Dank, Cooper. Jetzt komme ich allein klar." Sie nimmt mir ihren Koffer ab.

„Sicher. Du bist in guten Händen."

Ich sehe ihr hinterher, ein seltsames Gefühl von Sehnsucht überkommt mich. Ich habe meinen Teil beigetragen. Zeit, sie gehen zu lassen.

Sie dreht sich um und sieht mich über ihre Schulter an. Unsere Blicke begegnen sich. Zwischen uns ist etwas. Anziehung. Nein, ich bin durch mit Frauen am Boden, die mich benutzen und dann gehen. Hab bei Brianna meine Lektion gelernt.

Sie winkt, und ich winke zurück.

Sie geht um die Ecke und außer Sichtweite. Ich stehe für einen Moment wie betäubt da, bevor ich wieder zu mir komme und zurück zum Happy Endings gehe, meinem Zuhause fern von zu Hause.

Als ich zu meinem Auto gehe, fällt mir schlagartig ein, dass ich ihre Nummer nicht habe. Ich kenne nicht einmal ihren Nachnamen.

Vielleicht sehe ich sie nie wieder. Mein Bauch verkrampft sich. Es ist am besten so. Das Timing war nicht richtig. Und Timing ist alles.

Ich steige in meinen Wagen und fahre vom Parkplatz.

Rowan

Ich bin begeistert von der Freundlichkeit und Großzügigkeit aller, die ich bisher in Clover Park getroffen habe. Ich folge den Frauen eine von Bäumen gesäumte Straße mit hübschen viktorianischen Häusern hinunter. Die Sonne geht gerade unter und verleiht allem ein sanftes Leuchten. Diese Stadt ist magisch wie etwas, das man auf einer Postkarte sehen würde.

MacKenzie und Harper sprechen lebhaft über die Verlobungsfeier und Shaylas bevorstehende Hochzeit. Die Frauen ähneln einander und sind ungefähr gleich groß, aber

MacKenzie hat blaue Augen und eine sonnige Ausstrahlung, während Harper haselnussbraune Augen hat und keck wirkt, wie jemand, der sich nichts gefallen lässt. Vielleicht habe ich diesen Eindruck nur, weil Harper darüber geplaudert hat, wie lange ihr Bruder Owen gebraucht hat, um mit dem Shayla-Programm zu kommen. Ihre genauen Worte: „Endlich hat er seinen Kopf aus dem Arsch bekommen."

„Tut mir leid", sagt Harper. „Wir sprechen die ganze Zeit über Shaylas und Owens Hochzeit, und das nach deinem schrecklichen Tag."

„Nein, ist okay. Ich verstehe ja, dass ihr aufgeregt seid. Ich bin mir sicher, das wird glamourös."

„Eigentlich wird sie im Ludbury House stattfinden wie deine – tut mir leid", unterbricht MacKenzie sich verlegen. „Kein Hochzeitsgerede mehr. Versprochen. Jedenfalls sind wir da."

Wir halten an einem wunderschön restaurierten zweistöckigen Haus – weiß mit dunkelgrünen Fensterläden und einer umlaufenden Veranda. Eine Verandaschaukel zieht meinen Blick auf sich. Ich kann mir gut vorstellen, hier draußen zu arbeiten und die Brise zu spüren, während ich schaukele. Nicht, dass ich hier wohne. Nur eine Nacht, und dann muss ich mich meinem Ex und meiner Lebenssituation stellen. Ugh. Es wird nicht einfach sein, unser Leben zu entwirren, da wir zusammen leben und arbeiten.

„Willkommen im Casa Campbell!", sagt MacKenzie großartig, als sie die Haustür öffnet. Sie schaltet Lichtschalter an der Tür ein.

Ich folge ihr hinein. „Danke." Drinnen ist es genauso schön. Wir sind in einem vorderen Wohnzimmer mit einem großen Kamin, einem roten Samtsofa und einem Fernseher auf einem niedrigen Ständer. Die Parkettböden sehen aus, als wären sie schon original im Haus gewesen. Durch einen Torbogen sehe ich ein Wohnzimmer in Blassgelb mit Stuck. Ein braunes Ledersofa, Polstersessel und eine Leseecke in einem Erkerfenster machen den Raum einladend.

„Ich fühle mich seltsam, es Casa Campbell zu nennen, obwohl Shayla das Haus gekauft hat", sagt Harper.

„Ja, aber sie hat uns die Urkunde überschrieben", sagt MacKenzie.

„Shayla Adler hat euch ein Haus gekauft?", frage ich.

„Sie hat es sich selbst gekauft und uns eingeladen, ihre Mitbewohner zu sein", sagt Harper. „Dann ist sie zu Owen gezogen, nachdem sie sich verlobt hatten, und hat es uns übertragen."

„Sie hat früher mit ihrer Assistentin Olivia hier gewohnt", sagt MacKenzie. „Jetzt rasseln nur noch Harper und ich durchs Haus, also freuen wir uns über deine Gesellschaft."

Ich lächle. „Ich bin froh, dass ihr mich aufgenommen habt. Woher kennt ihr Shayla?"

„Sie hat einen Sommer bei meiner Familie gelebt", sagt Harper. „Meine Mom ist Claire Jordan. Hast du schon mal von ihr gehört? Schauspielerin, Produzentin, Regisseurin. Sie kannte Shayla von der Arbeit und hat sie eingeladen, bei uns zu wohnen, als Shayla sechzehn war und in L.A. in Schwierigkeiten geraten ist."

„Deine Mom ist Claire Jordan?!" Sie ist ein großer Star in Filmen, die ich schon oft gesehen habe. Sie werden im Fernsehen wiederholt. Jetzt sieht man sie nicht mehr so oft.

„Ich weiß, ich sehe nicht wie sie aus", sagt Harper. „Ich habe ihre Nase und ihr Kinn, aber der Rest ist Dad. Diese Campbell-Gene sind stark."

„Unsere Dads sind eineiige Zwillinge", sagt MacKenzie. „Deshalb sehen wir uns so ähnlich, obwohl wir Cousinen sind."

„Was ist mit dir?", fragt Harper. „Ist deine Familie in der Nähe?"

„Dad ist in der City. Mein Bruder ist in Atlanta. Mom ist gestorben, als ich ein Kind war."

„Das tut mir leid", sagt MacKenzie.

„Mein Beileid", sagt Harper. „Ich werde jetzt mit den persönlichen Fragen die Klappe halten."

„Du brauchst eine gute Nachtruhe", sagt MacKenzie zu

mir. „Ich bin mir sicher, dass morgen früh alles machbarer erscheint."

„Wein?", bietet Harper an.

„Wein klingt großartig", sage ich.

Ich lasse meinen Koffer im Wohnzimmer und folge den Frauen in eine moderne Küche in Weiß mit silbernen Akzenten.

„Setz dich", sagt MacKenzie und deutet auf einen kleinen runden Tisch.

Ich setze mich mit dem Rücken in die Ecke, wie ich es immer mache. Fühlt sich einfach gemütlicher an. Sicherer. MacKenzie verteilt Gläser, und Harper entkorkt eine Flasche Wein.

Sie setzen sich zu mir an den Tisch. Harper gießt ein. „Das ist ein Sauvignon Blanc."

„Klingt gut", sage ich.

Nachdem wir alle unsere Getränke haben, hebt Harper ihr Glas. „Trinkt aus, Bitches!"

„Auf Freunde!", sagt MacKenzie.

Ich stoße mit ihren Gläsern an, und wir alle trinken einen Schluck. Sie sehen mich erwartungsvoll an. Ich bin mir sicher, dass sie neugierig auf mich sind. „Also, was macht ihr Ladys so?"

„Ich bin Grafikdesignerin", sagt Harper.

„Ich bin Partnerin in einer Hightech-Sicherheitsfirma", sagt MacKenzie, „mit meinem Cousin Owen, Shaylas Verlobtem –"

„Er ist mein Bruder", sagt Harper.

„Und mein anderer Partner ist ein Freund der Familie, Nathan", sagt MacKenzie.

„Nathan Brooks ist der Tod für alle Partys", sagt Harper. „Ich hab dich doch gebeten, ihn Nat zu nennen, damit ich ihn wie eine Gnat, eine Schnake, wegschlagen kann."

„Nat-Gnat", sagt MacKenzie so, als würde das das Geheimnis um Nathan erklären.

MacKenzie trinkt etwas Wein und sagt strahlend: „Ich leite den Laden im Grunde, bringe neue Geschäfte rein,

Marketing, Buchhaltung, Logistik. Die Jungs installieren die Sicherheitssysteme und sichern die Technologie. Früher waren sie Hacker. Wir haben eine gute Assistentin, das ist auch ganz hilfreich."

„Ich arbeite in der City, aber die meisten Tage lassen sie mich von zu Hause aus arbeiten", sagt Harper.

„Was ist mit dir?", fragt MacKenzie.

„Ich leite eine Werbeagentur. Sie ist klein. Nur ich und –" meine Stimme bricht unerwartet, und ich trinke einen Schluck.

„Dein Ex", beendet Harper den Satz für mich.

Ich nicke.

Harper schüttelt den Kopf. „Verdammt, ich beneide dich nicht darum, mit dem Kerl leben und arbeiten zu müssen, der dich gerade so verarscht hat."

Ich presse die Lippen aufeinander, eine willkommene Wut kehrt zurück. „Er hat mich wirklich verarscht."

„Dann bist du einem Desaster entkommen", sagt MacKenzie. „Bist ohne ihn besser dran."

„Singlesein ist das Beste!", sagt Harper.

„Ich habe meine Zwanziger dem lockeren Spaß gewidmet", sagt MacKenzie.

„Sie meint Gelegenheitssex", sagt Harper.

Ich lache zu meiner eigenen Überraschung.

Harper wirft mir einen verschwörerischen Blick zu. „Das Schlimmste ist, ihre Mutter ist Hochzeitsplanerin und eine geborene Kupplerin. Mac rebelliert." Haileys Tochter, natürlich.

„Mac ist ein Truck", erwidert MacKenzie. „Und ich rebelliere nicht. Ich glaube nur nicht an die Liebe."

„Doch, das tust du", schießt Harper zurück. „Du hast dich verbrannt und mit allem anderen abgeschlossen."

„Du musst gerade reden."

Sie werfen sich gegenseitig einen Seitenblick zu und wenden sich wieder mir zu. Sie erinnern mich an Geschwister. Schon irgendwie lustig. Ich habe diese besondere Schwesternverbindung nie erlebt. Ich hätte gern eine Schwester gehabt.

„Hat Cooper dir die Stadt gezeigt?", fragt MacKenzie.

„Wir haben gesehen, wie er dich den Bürgersteig hinuntergetragen hat", sagt Harper.

Eine ungewöhnliche Röte kriecht meinen Hals hoch. „Oh! Ich wusste nicht, dass jeder das gesehen hat."

„Wir haben nicht spioniert", sagt MacKenzie. „Wir waren an der Bar, um uns selbst zu bedienen, und euch zufällig gesehen, weil wir mit Blick in die Richtung standen."

„Ihrem Dad gehört die Bar, damit sie sich jederzeit selbst bedienen kann", sagt Harper.

„Es war sowieso eine Open-Bar-Feier", sagt MacKenzie.

Sie sehen mich erwartungsvoll an.

Ich trinke einen Schluck Wein. „Kein Rundgang durch die Stadt. Ich, ähm, habe noch weitere schlechte Nachrichten bekommen und bin irgendwie auf dem Bürgersteig durchgedreht. Er hat mich über die Straße zum Ludbury House getragen, um meine Sachen zu holen."

MacKenzie schüttelt den Kopf. „Noch mehr schlechte Nachrichten! Was war es?"

„Du musst nicht antworten", sagt Harper und schießt MacKenzie einen Blick zu.

Ich halte eine Hand hoch. „Nein, ist schon in Ordnung. Meine Freundinnen sind wegen eines Notfalls früher gegangen. Ich habe mich nur irgendwie gestrandet gefühlt."

„Nun, du bist am richtigen Ort an Land gekommen", sagt MacKenzie.

Ich lächle. „Das Gefühl habe ich auch langsam. Also rettete Cooper wirklich ständig Frauen?"

„Häufig", sagt Harper.

„Für jemanden, der als Kind so wild war –", beginnt MacKenzie.

„Er hat uns früher mit Essen beworfen, sogar als Teenager noch", sagt Harper.

„Er hat sich zu einem guten Kerl entwickelt", schließt MacKenzie.

Coopers Wärme und Großzügigkeit haben mir alles

bedeutet. Ich bin mir nicht sicher, was ich davon halte, eine von vielen kaputten Frauen zu sein, die er repariert. Er hat mir irgendwie das Gefühl gegeben, was Besonderes zu sein. Dumm. Nach diesem überwältigenden Tag denke ich nicht klar.

Das Gespräch wechselt zu einer Krimiserie, die sie gesehen haben, und die zufällig auch zu meinen Favoriten gehört.

Ich erwärme mich für das Thema. „Das einzige Problem ist, dass ich sie spätnachts auf meinem Laptop ansehe und immer einschlafe, bevor ich erfahre, wer es war. Ich bin normalerweise so müde von den langen Arbeitszeiten."

„Arbeit, scheiß drauf!", sagt Harper. „Willst du bezahlt werden oder erfahren, wer's war?"

Wir lachen.

„Ich glaube, ich mach mich jetzt fürs Bett fertig", sage ich. „Es war ein verdammt langer Tag."

MacKenzie steht auf. „Ich bereite dir ein Zimmer vor."

„Danke euch beiden. Ich weiß das wirklich sehr zu schätzen."

Kurze Zeit später lasse ich mich in ein bequemes Bett fallen und seufze. Meine Gedanken hüpfen von einem schrecklichen Gedanken zum anderen. Die Realität stürzt auf mich ein. Die Kosten für die Hochzeit für nichts, die überraschende Trennung ohne Vorwarnung, die Notwendigkeit, meine Sachen aus Daves Wohnung zu holen, was Neues zu finden, das ich mir allein leisten kann, das Geschäft. Meine Vision von der Zukunft ist erschüttert.

Meine Nerven liegen blank, Angst bildet einen harten Knoten in meiner Brust. Wohin gehe ich von hier?

Miii-au! Miii-au! Miii-au!

Ich schrecke im Bett hoch. Der schrille Schrei klingt wie eine Katze in Not. MacKenzie hat doch gesagt, sie habe einen Kater. Felix, richtig.

Ich öffne die Tür. Ein grauer Kater mit weißen Schnurrhaaren und weißer Brust starrt mich an. Vor ihm liegt ein kleiner rosafarbener Spielzeugaffe. Er hebt den Affen hoch und lässt ihn auf meinen Fuß fallen.

„Hast du für mich gejagt? Danke. Gute Nacht."

Ich drehe mich zum Gehen, und der Kater schießt an mir vorbei ins Zimmer. „Ich dachte, du magst nur MacKenzie." Ich hebe ihn hoch, und er lässt sich hängen. Ich trage ihn hinaus und schieße seinen rosafarbenen Affen durch den Flur. So. Ich schließe die Tür und tappe zurück ins Bett.

Ahhh! Jetzt kann ich schlafen.

Miii-au! Miii-au! Miii-au!

Ich drehe mich auf die Seite und halte mir die Ohren mit dem Kissen zu.

Miii-au! Miii-au! Miii-au! Er wird lauter und beharrlicher.

Ich rolle aus dem Bett, marschiere zur Tür und öffne sie. Der rosa Affe ist zurück. Er lässt ihn mir auf den Fuß fallen.

Ich hebe ihn auf. „Vielen Dank, Felix. Gute Nacht." Als ich diesmal hineinschlüpfe, halte ich das Bein so, dass es den Eingang versperrt und er nicht reinkommt. Igitt, der Affe ist zerlumpt und feucht. Ich lasse ihn fallen.

Ich bin nicht mal wieder im Bett, als es erneut losgeht, nur diesmal ist es richtiger Katzenjammer. Es klingt wie ein weinendes Baby.

Ich marschiere zur Tür und reiße sie auf. „Was?"

Felix rennt rein, ignoriert den Affen und springt auf mein Bett. Er rollt sich auf meinem Kissen zusammen.

Ich lasse die Tür offen, damit er gehen kann, wenn es ihm langweilig wird. Dann setze ich ihn auf den Boden, steige ins Bett und starre an die Decke. Ich bin so erschöpft. Ich möchte nur – ah!, schreie ich, als Felix auf meiner Brust landet. Er streckt sich über meinen Oberkörper, legt den Kopf zwischen seine Pfoten und starrt mich an. Ich streichle ihm die Seite seiner Wange. Er lehnt sich in meine Hand und schnurrt. Ich schätze, es ist gar nicht so schlecht, wenn ein warmer Kater auf mir schnurrt.

Ich streichle ihn, froh über die süße Gesellschaft. „Ich lasse mir morgen früh was einfallen."

Er gähnt.

Ich falle in den Schlaf und träume davon, einen Bräutigam durch den Zoo zu jagen und im Löwengehege zu landen. Ich wache in kaltem Schweiß gebadet auf, keuchend, verwirrt darüber, wo ich bin.

Dann entdecke ich Felix zusammengerollt neben mir auf dem Bett. Richtig. MacKenzies und Harpers Haus. Clover Park. Meine Katastrophe von einer Hochzeit.

Ich schlage das Kissen und lasse mich wieder fallen. *Fahr zur Hölle, Dave! Und halt dich aus meinen Träumen raus.*

3

Sobald ich aufwache, storniere ich meine Geschäftskreditkarte und bestelle eine neue. Die alte lief nur wegen Daves schlechter Kreditwürdigkeit auf meinen Namen, weil er mit der Rückzahlung seines Studentendarlehens in Verzug war. Ich habe ihm eine Mitarbeiterkarte zu meinem Konto besorgt. Am Montag gehe ich zur Bank, um ein Einzelkonto zu eröffnen und meine Hälfte des Geldes von unserem gemeinsamen Geschäftskonto zu überweisen. Nicht, dass da viel drauf ist. Das meiste, was wir gemacht haben, habe ich zurück ins Geschäft investiert. Ich will nicht, dass Dave Zugang zu meiner Hälfte des Geldes hat. Ich vertraue ihm nicht mehr.

Sobald das erledigt ist, gehe ich in die Küche auf der Suche nach Kaffee und stelle fest, dass MacKenzie die Kaffeemaschine gerade einschaltet. Sie trägt Laufkleidung, ihr langes braunes Haar in einem hohen Pferdeschwanz.

Sie lächelt. „Hey, Rowan. Wie hast du geschlafen?"

„Nicht zu schlecht. Ich freue mich einfach, dass ich überhaupt geschlafen habe."

„Es wird jeden Tag ein winziges bisschen einfacher werden."

„Bist du auch so positiv wie dein Bruder?"

Sie holt zwei dicke, weiße Tassen aus dem Schrank.

„Wahrscheinlich. Du hast ja meine Mom kennengelernt. Sie sieht immer auf die gute Seite, voller Hoffnung. Ich denke, das ist wie eine Regel für Hochzeitsplaner."

Felix windet sich um mein Bein, und ich kraule ihn hinterm Ohr.

„Ich kann nicht glauben, wie freundlich er zu dir ist", sagt MacKenzie. „Es schien, als habe er mich als seinen Menschen ausgewählt und wollte mit niemand anderem belästigt werden."

„Er hat mir gestern Nacht seinen rosa Affen gebracht."

„Oh, Felix! Das tut mir leid. Normalerweise bringt er ihn nachts in mein Zimmer. Du warst früher im Bett, also dachte er wahrscheinlich, er versucht es mal bei dir." Sie streichelt Felix, der sich in ihre Hand schmiegt.

Die Kaffeemaschine piept. MacKenzie gießt uns Kaffee ein und geht zum Tisch. Ich schließe mich ihr an.

„Also, was ist dein Plan für heute?", fragt MacKenzie.

„Ich muss in meine Wohnung in der City, um einige meiner Sachen zu holen, vor allem meinen Laptop. Ich denke, dann kann ich auch genauso gut schon mit Dave reden."

„Denkst du, er wird zu Hause sein?"

„Seine Sonntagsroutine ist wie ein Uhrwerk. Ausschlafen, trainieren, duschen und dann bis zum Abendessen auf der anderen Straßenseite in den Irish Pub."

„Ist er ein Alkoholiker?"

„Ich glaube nicht. Er mag das Publikum für seine Geschichten."

Sie trinkt einen Schluck Kaffee. „Harper und ich können dich begleiten und dir helfen, dein Zeug herzuholen."

Ich denke über das Angebot nach. „Vielen Dank, aber ich denke, dass ich das allein tun muss."

„Klar, kein Problem. Du kannst gern noch eine Nacht bei uns bleiben."

„Danke! Das weiß ich wirklich zu schätzen."

Harper kommt rein, reibt sich die Augen und gähnt ausgiebig. „Morgen. Was ist los?"

„Ich bleibe noch eine Nacht", sage ich.

„Super! Kaffee." Sie geht geradewegs zur Kaffeemaschine.

„Wer will Pfannkuchen?", fragt MacKenzie strahlend.

„Ich", sagt Harper.

„Klingt großartig", sage ich.

MacKenzie sucht die Zutaten, während Harper sich zu mir an den Tisch setzt. Sie zuckt mit dem Daumen in MacKenzies Richtung. „Sie ist solch ein Morgenmensch. Du bist eine fremde Spezies, Mac."

„Mac ist ein Burger. Ich heiße MacKenzie." Sie dreht sich zur Arbeitsplatte zurück und misst die Zutaten ab. „Ich mache auch Eier."

Kurze Zeit später schiebt sie einen Teller vor mich. Wow! Es gibt einen Stapel von drei goldenen fluffigen Pfannkuchen und perfekt gekochtes Rührei mit irgendeiner Art Kraut. „Danke! Was ist das?" Ich zeige auf das Kraut.

„Dill."

Harper stellt Ahornsirup vor mich und geht für ihr Frühstück an die Theke.

Ich gieße den Sirup darauf und nehme einen Bissen. „Perfekt."

MacKenzie lächelt herzlich und geht zurück zum Herd.

Ich habe mich schon lange nicht mehr so umsorgt gefühlt. Sonst habe ich mich immer um alles gekümmert. Erst um Grandma und dann um eine lange Schlange von Freunden, die mich immer am Ende verlassen haben. Warum fühle ich mich zu Leuten hingezogen, die mich dafür brauchen, dass ich mich um sie kümmere? Nie wieder. Dave ist der letzte Strohhalm nach allen anderen, die mich in meinem Leben verlassen haben.

Habe ich irgendwas an mir, das nicht liebenswert ist und alle vergrault?

Mir war nicht klar, dass ich das Letzte laut gesagt habe, bis ich plötzlich von MacKenzie und Harper flankiert werde, in eine Gruppenumarmung gequetscht. Ich sitze, also werde ich irgendwie gegen ihre Seiten gedrückt.

MacKenzie sieht auf mich herunter. „Es ist alles in Ordnung mit dir."

„Lass ihn nicht in deinen Kopf", sagt Harper bestimmt. „Er ist hier das Arschloch. Nicht du."

„Warum seid ihr beide so nett zu mir?", frage ich, aufrichtig erstaunt über die Solidarität und Freundschaft.

„Weil wir anständige Menschen sind", sagt Harper.

„Wir fühlen wirklich mit dir mit", sagt MacKenzie. „Wenn ich das durchmachen müsste, würde ich wollen, dass jemand in meiner Not für mich da ist."

Meine Kehle schnürt sich zu. „Danke! Eines Tages werde ich eine Möglichkeit finden, mich zu revanchieren."

„Du kannst das Katzenklo reinigen", sagt Harper.

MacKenzie stupst Harpers Schulter an. „Das musst du nicht machen, Rowan. Himmel, warum bittest du sie nicht gleich, unsere Toiletten zu schrubben?" Sie geht an den Herd zurück.

„Habe ich das nicht gerade?", fragt Harper.

Ich mache mich wieder daran, Pfannkuchen zu essen. Ihr unbeschwertes Geplänkel gibt mir das Gefühl, zum ersten Mal seit langer Zeit Teil einer Familie zu sein.

Ich bin am frühen Nachmittag in der City und gehe zügig zum Brownstone, wo wir eine Wohnung im zweiten Stock haben. Mein Magen brennt.

Okay, ich muss nur das Wichtigste holen und los. Ich komme mit einem Umzugswagen für den Rest zurück, sobald ich weiß, wo ich wohnen werde. Wir haben eine Anzahlung für eine Wohnung geleistet, aber sie gehört uns noch nicht. Wir wollten den Deal abschließen, nachdem wir aus unseren Flitterwochen zurückgekommen wären, doch ohne Dave kann ich mir die Hypothekenzahlungen nicht leisten. Hoffentlich dauert es nicht zu lange, die Kaution zurückzubekommen. Das setze ich für Montag auf meine To-do-Liste.

Ich bleibe auf dem Bürgersteig stehen, sehe zu unserer Wohnung hinauf und atme tief durch. Los geht's. Ich gebe den Code über die Tastatur ein, gehe hinein und in den zweiten Stock.

Sobald ich in unserer Wohnung bin, sehe ich mich um. „Dave?"

Nichts. Gut. Das hab ich gut getimt.

Ich gehe ins Schlafzimmer, um meinen Laptop zu holen. Er ist nicht auf dem Nachttischregal, wo ich ihn gelassen habe. Mein Herz pocht. Alles ist auf diesem Laptop. Alle Kundenpräsentationen und Firmenunterlagen. Wann habe ich das letzte Mal ein Backup gemacht? Ich kann mich nicht erinnern. Okay, okay, keine Panik. Vielleicht habe ich ihn nicht wieder an seinen üblichen Platz gestellt.

Ich sehe mich in dem kleinen Schlafzimmer um. Es gibt nicht allzu viele Plätze, wo ich ihn hingestellt haben könnte. Ich durchsuche jede Kommodenschublade und sehe sogar unter die Möbel.

Nein, nein, nein! Ich reiße die Tagesdecke vom Bett und taste das Laken darunter ab, auf der Suche nach einer laptopförmigen Unebenheit. Panik treibt mich ins Badezimmer, ich suche in der Schminkschublade.

Ich renne ins Wohnzimmer, suche unter Kissen, in der Schublade des Couchtisches, sogar hinter dem Sofa. Schweiß läuft mir die Wirbelsäule hinunter. Er hat meinen Laptop gestohlen. Das muss es sein.

Küche! Ich überprüfe alle Schränke und Schubladen und gehe dann zum Kühlschrank und Gefrierschrank.

Was hat er sonst noch gestohlen? Meine Kopfhörer mit Geräuschminimierung? Ich muss mich konzentrieren. Ich stürme zurück ins Wohnzimmer, wo sie normalerweise auf dem Beistelltisch liegen. Nicht da. Ich erinnere mich nicht daran, sie bei meiner vorherigen Suche gesehen zu haben. Moms Schmuck!

Mein Atem beschleunigt sich, als ich mich auf den Weg ins Badezimmer mache. Ich bewahre Moms Perlenkette und Diamant-Ohrringe in einem Samtbeutel im Schminktisch auf. Das ist alles, was ich von ihr habe. Mein Dad hat sie mir gegeben, nachdem sie gestorben war, weil er dachte, ich könnte sie gebrauchen. Ich trage sie nie, aber ich habe sie von Ort zu Ort mit mir mitgenommen.

Ich ziehe langsam die Schminkschublade auf, das Herz donnert in meinen Ohren. Dave weiß, was mir dieser Schmuck bedeutet. Ich ziehe den Samtbeutel heraus und weiß sofort, dass er leer ist. Ich stülpe ihn um, um sicher zu sein. Weg!

Ich stehe da, mein Herz pocht, meine Muskeln sind für einen langen Moment des Schocks verkrampft. Verdammt! Ich wirbele herum und marschiere zur Tür hinaus. Zeit, Dave zur Rede zu stellen.

Ich nehme eilig meine Handtasche und stürme aus der Wohnungstür, renne die Treppe hinunter und platze nach draußen. Ein kurzer Blick auf den Verkehr, und ich laufe über die Straße zu Riley's Pub, wo Dave gern die Bargäste mit seinen Geschichten unterhält.

Ich stürme durch die Tür und finde ihn an der Bar mit einem Bier. Ein paar Typen in seiner Nähe lachen über etwas, das er gesagt hat.

„'tschuldigung", sage ich und dränge mich auf dem Weg zu ihm durch die Leute.

Seine Augen werden groß, als ich in seinen Raum eindringe. Er tut gelassen. „Hey, Rowan, das ist wahrscheinlich nicht der beste Zeitpunkt für ein Treffen. Ich schreibe dir, wann es besser passt."

Ich beiße die Zähne zusammen. „Ich will meinen Laptop, meine Kopfhörer und den Schmuck zurück!"

„Ich bin gerade mit jemandem verabredet."

„Das ist mir egal."

Er deutet auf eine ruhige Ecke des Pubs, nimmt sein Bier und geht an einen Tisch für zwei.

Ich marschiere hinüber und stehe über ihm. Es braucht meine ganze Willenskraft, ihn nicht zu schlagen. „Wo sind meine Sachen?"

„Setz dich, und ich sag es dir."

Ich ziehe einen Stuhl raus und setze mich.

Dann sagt er es mir direkt ins Gesicht: „Ich habe sie verpfändet."

Ich zucke zusammen. „Du hast sie verpfändet? Wo?"

„Ein Kumpel von mir hat Verbindungen."

Mein Kiefer verkrampft sich. „Ich habe das Gefühl, dich gar nicht zu kennen. Warum hast du sie verpfändet? Warum hast du bis zur Hochzeit gewartet, um mich sitzenzulassen?"

Er schüttelt den Kopf. „Das mit dem Timing bei der Hochzeit tut mir wirklich leid. Das ist nicht leicht zu sagen, aber ich konnte mich nicht entscheiden, mit wem ich zusammen sein will. Ich wusste es nicht sicher, bis ich damit konfrontiert war, ein Leben lang mit dir zusammen zu sein. Nichts für ungut."

„Oh, nichts für ungut", blaffe ich. „Wer ist sie? Wie lange geht das schon so?"

„Ungefähr einen Monat."

„Du hast unser Leben für jemanden, den du gerade erst kennengelernt hast, in die Luft gejagt?"

Er zuckt mit den Schultern. „Ist ja nicht so, als hätte ich das geplant. Es ist einfach passiert."

„Ich schicke dir die Papiere, um unsere Geschäftspartnerschaft aufzulösen, und eine Rechnung für das Zeug, das du ohne meine Erlaubnis verpfändet hast."

„Das Geld ist weg."

„Jetzt schon?"

„Ja, ich hab es gebraucht, um eine Anzahlung auf Sheilas Lama-Farm zu machen. Das war eine große Geste, um sie von meiner Aufrichtigkeit zu überzeugen."

„Wer zum Teufel ist Sheila?"

„Meine Kosmetikerin."

Meine Augen weiten sich. „Die Frau, die deine Eier waxt?"

„Sie hat viele Talente." Er sieht an mir vorbei und winkt. „Da ist sie ja. Ich sagte doch, das ist nicht der beste Zeitpunkt."

Ich drehe mich um und sehe eine atemberaubende

Brünette in einer fließenden Bluse und engen Jeans auf uns zukommen.

„Störe ich?", fragt sie unschuldig. Als wüsste sie nicht, dass Dave mich an unserem Hochzeitstag sitzengelassen hat.

„Nein, Baby, bleib hier", sagt Dave. Er dreht sich zu mir um. „Du musst dein Zeug bis nächstes Wochenende aus meiner Wohnung holen. Sheila zieht ein."

„Und wer kümmert sich um die Lamas?", frage ich sarkastisch.

„Mein Bruder wird dort wohnen", sagt Sheila. „Für uns wird es ein Landsitz sein."

Ich stehe so schnell auf, dass ich meinen Stuhl nach hinten umstoße. „Du hast dich mit der falschen Frau angelegt."

Dave streckt besänftigend eine Hand aus. „Rowan, die Entscheidung zwischen euch beiden ist mir nicht leichtgefallen, wenn das hilft."

Sheila dreht sich zu mir um. „Nicht böse sein, okay?"

Ich wirbele herum und renne aus dem Pub, Wut treibt mich an.

Ich gehe zurück in die Wohnung, hole meine Sporttasche aus dem Schrank und stopfe so viele meiner Klamotten hinein, wie ich kann. Ich hätte meinen Koffer von MacKenzie und Harper mitbringen sollen, aber ich war so konzentriert darauf, Dave konfrontieren zu müssen, dass ich nicht klar nachgedacht habe.

Das Sofa gehört mir, ebenso der Couchtisch, der Beistelltisch und der Flachbildfernseher. Auch die Hocker an der Frühstücksbar und der Teppich im Wohnbereich. Daves Sachen waren nicht so schön wie meine, also ist er sie losgeworden, als ich einzog.

Ich wische eine Träne weg und gehe in die Küche, um eine Plastiktüte zu holen. Dann eile ich ins Bad und kippe all meine Toilettenartikel und das Make-up hinein. Ich erwäge kurz, seine Sachen in den Müll zu werfen, aber ich habe nicht die Energie. Adrenalin strömt aus mir heraus, zusammen mit meiner Wut. Das Hochzeitsdesaster, die neue Frau, die meinen Platz einnimmt, meine Schätze verpfändet. Plötzlich ist alles zu viel.

Mein Blick fällt auf seine Haarwuchscreme. Impulsiv lasse ich sie in meine Tasche fallen. *Ich hoffe, du hast in einer Woche eine Glatze!* Es ist keine große Sache, aber der Mann ist extrem empfindlich, was sein schütteres Haar angeht. Er ist zweiunddreißig, also kämpft er wahrscheinlich im Moment gegen die Genetik.

Ich werfe die Tasche über die Schulter, gehe zur Tür hinaus und sage mir, es sei das Beste. Ich will nicht mit einem Mann zusammen sein, der eine Ehe oder seine Familie sitzenlassen würde. Ich kann nicht glauben, dass ich mich mit ihm auf die Fantasie einer rosigen Zukunft eingelassen habe. Ernsthafte Leugnung meinerseits. Ich hab mich von ihm mitreißen lassen, während er getan hat, was immer er wollte. Ich habe immer gegeben, während er immer nahm. Ich sehe jetzt deutlich, und ich werde mich nie wieder so behandeln lassen.

Ich wäre lieber allein, als mit dem falschen Mann zusammen zu sein. Mit irgendeinem Mann, eigentlich. Vielleicht lege ich mir eine Katze zu.

4

———

Am nächsten Tag ist Montag, und ich brenne darauf, mich um das Geschäft zu kümmern. *Bam! Bam! Bam!* Ich rufe Bob an, den Anwalt, der unsere Geschäftspartnerschaftspapiere erstellt hat, und lasse ihn damit anfangen, sie aufzulösen. Als Nächstes fahre ich zurück in die City, um meine Hälfte der Geschäftsschecks auf ein Einzelkonto zu überweisen, und ich halte an der Polizeiwache an, um Dave wegen Diebstahls meiner persönlichen Gegenstände anzuzeigen. Wir waren nicht verheiratet, also war das kein Gemeinschaftseigentum. Es war meins, und er hatte kein Recht.

Leider erklärt mir die Polizeibeamtin, dass das kompliziert sei, wenn man zusammengewohnt hat, und ich habe keinen Beweis dafür, dass er es war. Im Grunde steht Daves Wort gegen meines. Sie sagt mir, ich solle mich an das Gericht für Bagatellfälle wenden, was ich definitiv tun werde. Natürlich kann nichts Moms Schmuck ersetzen. Jedes Mal, wenn ich daran denke, schmerzt meine Brust. Nur ein weiterer Grund, warum Dave in der Hölle schmoren sollte.

Ich hole mir einen Snack von einem Straßenverkäufer und gehe in ein Geschäft, um mir einen neuen Laptop auf meine Kreditkarte zu kaufen. Noch eine Sache, als ich zum Bahnhof gehe – ein Anruf bei der Immobilienfirma. Ich brauche die Anzahlung für die Wohnung zurück, um mir was Eigenes leisten zu können. Ein Typ namens Matthew geht ran, der keinerlei Sympathie für meinen neuen Single- und Obdachlosen-Status hat, während er mich informiert, dass ich die Anzahlung in dreißig Tagen zurückbekomme.

„Dreißig Tage?", rufe ich. „Ich kann keine dreißig Tage warten! Sie können die Wohnung mit Leichtigkeit an jemand anderen verkaufen. Wir haben keinen Vertrag unterzeichnet."

„Das Geld befindet sich in einem Treuhandkonto. Dreißig Tage ist das Beste, was ich Ihnen anbieten kann. Sie sind nicht die Einzige, mit der wir Geschäfte machen, Miss Sanders. Wir sind ein sehr auftragsstarkes Unternehmen."

„Ich würde gern mit Ihrem Vorgesetzten reden."

„Sie ist in Urlaub. Und Sie würden auch keine andere Antwort bekommen. Ich muss den Antrag über die Buchhaltung stellen. Es gibt hier ein genaues Prozedere, um einen reibungslosen Ablauf zu gewährleisten. Wir könnten das Geld in eine andere Wohnung investieren, wenn Sie sich schnell für eine andere entscheiden. Der Markt ist heiß."

„Nein, ich brauche das Geld zurück auf meinem Konto."

„Nun gut, erwarten Sie es in dreißig Tagen."

Ich brumme ein Dankeschön und lege auf. Dreißig Tage. Das ist nicht ideal, aber es ist wenigstens was. Vielleicht kann ich noch ein bisschen länger in Clover Park bleiben. Meine Freundin Meg hat mir angeboten, in ihrer Wohnung in der City zu wohnen, aber sie hat bereits drei Mitbewohner, was bedeutet, dass ich den Boden bekommen würde. Außerdem wäre ein Badezimmer für zwei Männer und drei Frauen schwierig.

Sobald ich meine Wohnungsanzahlung zurückhabe, kann ich nach was Neuem suchen. Ich muss einen Mitbewohner finden, um es mir leisten zu können, oder mir was Kleines suchen, wahrscheinlich in keiner guten Gegend. Das ist nicht ideal, aber so ist das Stadtleben. Eines Tages werde ich mir was Nettes für mich allein leisten können.

Nachdem ich in einer ländlichen Gegend von Pennsylvania mit Grandma und davor in den Vororten von New Jersey aufgewachsen bin, war es immer mein Traum, in New

York City zu leben. Die Energie, das tolle Essen, immer was zu tun, das will ich nicht aufgeben. Andererseits gibt es hier so viele Erinnerungen an mein Leben mit Dave. Nein, ich kann nicht zulassen, dass Dave mir alles ruiniert. Es ist eine große Stadt, genug Platz für uns beide.

Rechtlich hat Dave Anspruch auf die Hälfte der Anzahlung von der Wohnung. Aber wenn man überlegt, dass er meine Sachen gestohlen hat, von denen einige niemals ersetzt werden können, bin ich geneigt, die gesamte Anzahlung zu behalten. Aber so tief werde nicht sinken. Ich stehle nicht und nehme auch keine Abkürzungen. Alles redlich, legal und klar. Ich werde über mich hinauswachsen.

Ich nehme den Zug zurück nach Clover Park und atme tief aus, als die Stadt aus meinem Blickfeld verschwindet. Mit der Zeit wird es einfacher werden. Das muss ich glauben. Ich muss mich noch um die Rechnung für unsere Hochzeit kümmern. Warum musste ich auch für meine Hochzeit in die Vollen gehen? Ich habe mich in Ludbury House verliebt, ja, aber es war auch ein fehlgeleiteter Versuch, Dad zu zeigen, dass es mir gut geht, um seine Zustimmung zu bekommen.

Das hat ungefähr genauso gut wie meine anderen Versuche funktioniert, Dad stolz zu machen. Ich weiß nicht, warum es mir noch wichtig ist. Dad und Cade war es nicht wichtig genug zu sehen, wie es mir ging, nachdem die Hochzeit abgesagt wurde. Ich bin diejenige, die mit ihnen in Kontakt bleibt. Sie sind zu beschäftigt, um sich darum zu kümmern. Als Kind hab ich sie an Feiertagen und zwei Wochen im Sommer gesehen. Mehr nicht. Und ich habe mich immer wie das sechste Rad am Wagen gefühlt.

Als der Zug in Clover Park ankommt, fahre ich mit MacKenzies Fahrrad zurück zu ihrem Haus. Es ist ein süßes türkisblaues Fahrrad mit Korb und Klingel. Ich muss über eine vielbefahrene Straße, aber der Rest der Fahrt ist wunderschön auf gewundenen, von Bäumen gesäumten Straßen. Die Brise spielt mit meinen Haaren, sodass ich mich leichter und frei fühle. Hier kann ich atmen. Es ist wahrscheinlich nur

Nostalgie nach einer ruhigeren Zeit meines Lebens, aber diese Landschaft tröstet meine Seele.

Jetzt, da es Oktober ist, beginnen sich die Blätter zu verfärben – leuchtende Rot-, Orange- und Gelbtöne. Wenn das Leben schon implodiert, ist dies ein schöner Ort, um sich zu erholen.

Sobald die Main Street in Sicht ist, klopfe ich mir auf den Rücken, weil ich den Weg zurück gefunden habe. Mein vorübergehendes Zuhause, wenn MacKenzie und Harper mich länger bleiben lassen. MacKenzie hat mir einen extra Hausschlüssel anvertraut.

Niemand ist zu Hause, als ich zurückkomme. Wahrscheinlich sind beide bei der Arbeit. Die Stille ist etwas nervtötend. Ich setze mich im Wohnzimmer auf das kuschelige braune Ledersofa. Ich schreie kurz auf, als Felix auf meinen Schoß springt. Er sieht mich verstört an, bevor er meinen Pullover knetet.

Ich kraule ihn unter dem Kinn. „Felix, du brauchst ein Glöckchen."

Ich muss mich auch an die Arbeit machen. Wir haben das Geschäft für eine Woche für die Flitterwochen geschlossen, soweit die Klienten wissen, ist also alles normal.

Ich bewege mich langsam, um meinen neuen Laptop zu nehmen. Felix springt verärgert von meinem Schoß. „Tut mir leid, ich kümmere mich um das Geschäft."

Ich fahre den Laptop hoch und melde mich bei meinem Backup-Service an, den ich seit einem Monat offenbar nicht hochgeladen habe, weil ich, wie Sie sicher vermuten, zu viel mit Arbeit und der Hochzeit zu tun hatte. Ich mache eine manuelle Sicherung, weil einmal die automatische Sicherung die Dateien vermasselt und Dinge überschrieben hat, die ich noch brauchte. Jetzt überprüfe ich immer alles doppelt, bevor ich das Backup mache. Es ist nicht alles verloren. Ich kann alles, was ich brauche, wiederherstellen, oder vielleicht finde ich das, was ich brauche, in den E-Mails.

Hoffnung erfüllt mich zum ersten Mal seit Tagen. Ich habe all meine Klientenkontakte hier. Ich melde mich einfach und sage ihnen, dass ich jetzt allein als … Sanders Agency tätig bin. Schmetterlinge tanzen in meinem Bauch. Dave war das Gesicht der Firma, derjenige, der neue Geschäfte einbrachte. Er ist großartig darin, charmant zu den Leuten zu sein. Ich arbeite am besten an Strategie und Umsetzung. Ich gestehe, dass ich ein paar winzig kleine Zweifel habe, das Geschäft allein zu führen. Ich bin nicht gut im Networking und darin, den Deal an Land zu ziehen.

Okay, ich fange ja nicht bei null an. Wir haben bereits Klienten.

„Das kann funktionieren", sage ich zu Felix, während er auf dem Boden in der Nähe seine Intimzone leckt. Er macht sich nicht die Mühe, aufzublicken.

Ich schreibe eine BCC-Mail an all meine Klienten und teile ihnen die gute Nachricht mit, dass ich früher aus dem Urlaub zurück bin. Und jetzt auch allein arbeite. Sie müssen ja nicht alle Details erfahren.

Ich warte auf eine Antwort, klicke wie besessen auf Aktualisieren. Okay, es ist Montag, sie sind beschäftigt. Verständlich. Ich gehe einfach spazieren, und wenn ich zurückkomme, wird sicher jemand geantwortet haben. Richtig?

Ich hole meine Handtasche aus dem vorderen Raum und gehe zur Tür hinaus. Ich bleibe auf der Veranda stehen und merke plötzlich, dass ich kein Ziel habe. Ich könnte die Main Street hinuntergehen, aber da kann ich nur einen Schaufensterbummel machen. Ich muss sparsam sein, bis ich die Anzahlung zurückbekomme. Ich habe auch noch viele Schulden für die Hochzeit.

Ich setze mich auf die Veranda. Oh, ich weiß, was ich tue, während ich warte! Ich habe ein Buch auf meinem Handy, das ich lesen könnte. Ich gehe auf meine Lesebibliothek und finde meine letzte Lektüre, ein Buch, wie man sein Geschäft auf die nächste Stufe bringt. Schau einer an, ich arbeite bereits daran, mein Geschäft zu verbessern.

Nach einer Stunde stehe ich auf und strecke mich. Zeit, nach meinen Mails zu sehen. Daumen gedrückt.

Da ist eine Mail von Nikki. Mein Atem stockt, als ich sie lese: *Tut mir leid, Dave hat einen ganz netten Deal angeboten, wenn wir zu Endeavor Media wechseln, also bin ich jetzt bei ihnen.*

Der Atem rauscht aus meinen Lungen. Das ist die Firma seines Cousins. Dave hat dort gearbeitet, bevor er mich kennengelernt hat und wir beschlossen, unsere eigene Agentur zu gründen.

Klienten können natürlich jederzeit gehen, aber gibt es nicht ein Gesetz gegen einen Mitarbeiter, der das Unternehmen woandershin mitnimmt? Ja, ich bin mir bewusst, dass es das ist, was ich selbst zu tun gehofft hatte, aber komm schon. Nach dem, was Dave mir angetan hat, sollte ich wenigstens meinen Job behalten können.

Ich schicke sofort eine Mail an Nikki zurück. *Was war das für ein Angebot?*

Keine Antwort, aber zwei weitere Mails von anderen Klienten kommen, die sagen, dass sie jetzt bei Endeavor Media sind. Adrenalin rauscht durch mich. Ich renne die Stufen hinunter und auf den Bürgersteig, laufe so schnell ich kann, ohne zu wissen, wohin ich gehe. Ich laufe einfach geradeaus, vorbei an Häusern, einem Hundepark, mehr Häusern.

Ich höre Schritte hinter mir und drehe mich um, um zu sehen, wer noch so schnell läuft wie ich. Cooper! Mein Retter in dem, was ich für einen höllischen Tag hielt. Jetzt kommt es mir wie ein Picknick vor, am Altar sitzengelassen worden zu sein, im Vergleich zu der Verwüstung, die Dave angerichtet hat.

„Hey, willst du joggen?", fragt er und ist nicht einmal außer Atem. Er trägt ein enganliegendes T-Shirt, das die Wölbung seiner Schultern betont. Seine Arme sind sehnig, mit Muskeln. Auch seine Beine, auf die ich in seinen Basketballshorts einen guten Blick habe. Ich kann nicht glauben, dass ich sein gutes Aussehen überhaupt bemerke, aber bitte sehr. Lust funktioniert auch, wenn dein Leben auseinanderfällt. Schätze, das ist es, was die Menschheit am Laufen hält.

Er zwinkert. „Dumme Frage. Du läufst, also willst du offensichtlich laufen. Wie geht's dir?"

Es ist nicht nur Lust, die mich anzieht, sondern Güte. Cooper ist ein guter Kerl. Glaube ich. Ach, was zum Teufel weiß ich schon? Ich dachte, Dave wäre ein toller Kerl, die zwei Jahre, die wir zusammen waren. Es war einfach, mit ihm zu leben, einfach, mit ihm zu arbeiten, obwohl mir der Gedanke kommt, dass ich den Löwenanteil der Arbeit sowohl zu Hause als auch im Büro erledigt habe, das musste ihm natürlich gefallen. Und dann hüpft er mit seiner Waxfrau ins Bett! Es klingt so lächerlich, dass ich lachen würde, wenn ich könnte. Das Brennen in meinen Augen sagt mir, dass es eine Frage von Sekunden ist, bevor ich auf Coopers Shirt schluchze. O Gott, ich will nicht wieder vor ihm weinen.

„Rowan?"

„Tut mir leid, ich hab grad viel um die Ohren", sage ich mit einer so ruhigen Stimme, wie ich hinbekomme. „Ein bisschen abgelenkt."

Er nickt. „Ich wollte gerade nach Hause. Möchtest du auf einen Drink mitkommen?"

Und weil ich mich im Moment verzweifelt allein fühle, höre ich mich selbst sagen: „Das würde ich gern."

„Sollen wir dahin laufen? Es sind noch ein paar Blocks weiter geradeaus."

„Natürlich." Ich beginne mit einem langsamen Joggen, und er hält Schritt.

„Hab schon gehört, dass du noch in der Stadt bist. Hast du deine Sachen aus der Wohnung deines Ex' bekommen?"

Ich verlangsame mich zum Gehen. Er auch. „Nicht alles. Ich muss einen Truck mieten und sie dieses Wochenende holen. Dave sagt, seine neue Freundin zieht ein."

„Was für ein Arsch! Brauchst du Hilfe?"

Ich zucke zusammen. „Du willst mir beim Umzug helfen?"

„Sicher. Ich rufe meinen Bruder an, Finn. Er ist auf dem College in der City, also kann er vorbeischauen."

Ich überlege die Alternative, jemanden zu engagieren. Es erscheint mir klug, das Geld lieber für einen Notfall wie zum Beispiel Essen zu sparen. Verdammt, ich bin wirklich am

Arsch. Und da taucht Cooper plötzlich aus heiterem Himmel auf, gerade, als ich ihn am meisten brauche.

„Das klingt großartig", sage ich. „Danke nochmals für deine Freundlichkeit und Großzügigkeit."

Seine braunen Augen funkeln vor Humor. „Also reden wir von einem Klavier oder …"

Ich lache. „Nichts so Schweres."

Cooper

Ich kann meinen Blick nicht von ihr nehmen. Wir sitzen an dem kleinen Tisch in meiner Küche mit Wassergläsern. Ich habe die Wohnung im Erdgeschoss eines Hauses, die gleiche Wohnung, die Dad früher gemietet hat. Er war derjenige, der mir davon erzählt hat, als ich für immer in die Stadt zurückkam. Wie der Zufall es wollte, wollte der Mieter gerade Ende des Monats ausziehen.

Rowan ist vom Laufen gerötet, wodurch sie glüht. Sie ist so schön.

Sie legt beschämt eine Hand an ihre Wange. „Was? Habe ich was im Gesicht?"

„Tut mir leid, ich wollte nicht starren. War nur in Gedanken. Ich habe mich gefragt, wie es dir geht, nach, du weißt schon, der ganzen Hochzeitssache."

„Ooh, es ist so viel schlimmer geworden als nur die Hochzeitssache."

„Was meinst du?"

Und dann beginnt sie eine schreckliche Geschichte, in der Dave den Schmuck ihrer verstorbenen Mutter neben anderen Wertsachen verpfändet und ihre gemeinsamen Klienten gestohlen hat. Ganz zu schweigen davon, dass er sie betrogen hat.

Kalte Wut sprudelt durch mich. Ich bin niemand, der schnell wütend wird. Aber ich will diesen Kerl würgen und Rowan dann an mich ziehen und sie vor allen und allem beschützen.

Sie hält ihre Handflächen hoch. „Willkommen in meinem Leben!"

„Das tut mir so leid. Ich kann mir nicht vorstellen, was für ein Mensch das tun würde."

„Ein egozentrischer Mann mit null Integrität. Er war großartig, bis er es plötzlich nicht war. Offensichtlich habe ich mir selbst was vorgemacht."

Ich schüttle den Kopf. „Damit darf er nicht durchkommen."

„Das ist er bereits. Ich bringe ihn vor das Gericht für Bagatellsachen, weil er meine Sachen verpfändet hat, aber der Rest, nun, ich bin mir nicht sicher, ob ich noch mehr tun kann. Ich denke, ich könnte versuchen, meine Kunden zurückzugewinnen, aber wenn Endeavor Media ein günstiges Angebot gemacht hat, kann ich da nicht mithalten, um im Geschäft zu bleiben."

„Also hast du vor, eine Weile in Clover Park zu bleiben?", frage ich.

„Ich habe darüber nachgedacht. Ich muss dreißig Tage warten, bis ich meine Anzahlung für die Wohnung zurückbekomme, die ich brauche, um mir was anderes zu suchen."

„Hier im ersten Stock wird eine Wohnung frei, wenn du Interesse hast. Ein Schlafzimmer, gemeinsamer Garten. Versorgungseinrichtungen inbegriffen."

„Wie viel?"

Als ich ihr die Summe nenne, bleibt ihr der Mund offenstehen. Ich lache. „Das sind keine Stadtpreise."

„Ich muss schon sagen. Dafür würde ich eine beschissene Wohnung in einer schäbigen Gegend der City bekommen, und nur, wenn ich sie mir mit zwei Mitbewohnern teile."

„Soll ich dir den Kontakt des Vermieters geben?"

Unsere Blicke begegnen einander für einen spannungsgeladenen Moment. Sie sieht weg, ihre Hand flattert durch die Luft. „Ich habe nicht vor, so lange zu bleiben. Ich hatte gehofft, dass es MacKenzie und Harper nicht allzu viel ausmachen würde, wenn ich einen Monat bei ihnen bliebe."

„Also kommst du wohl gut mit ihnen aus."

Sie sieht mir in die Augen. „Sie waren wundervoll. Genau wie du."

„Muss irgendwas hier im Wasser sein", sage ich, hebe mein Glas und trinke einen Schluck.

Sie trinkt nicht. Das wäre eine nette Geste gewesen.

„Ich bin mir sicher, dass sie nichts dagegen hätten, wenn du eine Weile bei ihnen bleiben würdest", sage ich. „Hält sie davon ab, zu viel zu streiten."

„Ich werde sie fragen. Natürlich würde ich Miete und Nebenkosten bezahlen."

„Ich bezweifle, dass sie dir Miete berechnen. Das Haus ist abbezahlt. Sie müssen nur die Nebenkosten und Lebensmittel bezahlen."

„Und auch die Grundsteuer, da bin ich mir sicher. Ich gebe, was ich kann, und reinige das Katzenklo."

Ich lache. „Du musst das Katzenklo nicht putzen."

„Das ist das Mindeste, was ich tun kann. Außerdem ist Felix mein neuer bester Kumpel."

„Ich dachte, ich wäre dein neuer bester Kumpel."

Sie werfe ihm ein schelmisches Lächeln zu. „Ich habe dich noch nicht schnurren gehört."

Ich gebe mein Bestes, um an ein Schnurren ranzukommen. Sie streichelt mir die Haare, als würde sie mich kraulen und lässt schnell ihre Hand fallen.

Ihre Augen treffen meine und wenden sich ab. „Fast so weich wie Felix."

Ich verkneife mir die vielen Pussykätzchen-Anspielungen, die mir in den Sinn kommen.

Sie atmet zitternd aus. „Ist es komisch, dass ich mich jetzt irgendwie frei fühle? Als ob ich einen unerwarteten Neuanfang bekomme. Es ist furchteinflößend, aber auch aufregend."

„Ich mag den Optimismus, der sich da einschleicht. Ich wusste, dass du Mumm hast."

Sie neigt den Kopf. „Schätze, das habe ich. Wenn ich nur bessere Instinkte für Menschen hätte."

„Deine Instinkte sind in Ordnung." Ich lehne mich über

den Tisch und senke meine Stimme zu einem rauen Ton. „Du bist doch hier bei mir, stimmt's?"

Sie wird rot. „Zu schade, dass ich dich nicht vor Dave kennengelernt habe. Du scheinst die Art Typ zu sein, mit dem ich hätte zusammen sein sollen. Jetzt ist es zu spät."

„Warum ist es zu spät?"

„Weil ich nie wieder eine neue Beziehung will."

„Niemals?"

Sie tätschelt meinen Arm. „Ärgere mich nicht! Ich meine es ernst. Mein Herz ist in winzige, scharfkantige Stücke zerbrochen, die mich jedes Mal ritzen, wenn ich atme."

„Dann hast du Glück. Ich bin nicht nur Barkeeper und Koch, ich bin auch noch ein Handwerker. Ich kann das reparieren."

Sie schüttelt den Kopf. „Es ist schon zu sehr kaputt."

Ich beuge mich vor. „Rowan, ich kann dein Herz reparieren." Ihr Atem stockt. Das hier ist definitiv nicht einseitig.

Sie senkt den Blick und zieht einen Kreis über den Tisch.

Ich mache einen auf lässig, um sie zu beruhigen. „Der Beweis meiner Handwerker-Fähigkeiten ist MacKenzies und Harpers Haus. Als Shayla das Haus gekauft hat, war ich derjenige, der alles repariert hat, was repariert werden musste, ich hab das Schrankinnenleben installiert und bei der Montage von Möbeln geholfen."

Sie sieht mir in die Augen. „Du bist deinem Handwerker-Titel gerecht geworden. Und das war sehr nett von dir."

„Sie haben mich mit einem Dankeschön bezahlt. Mein Bruder Finn hat richtig viel Geld dafür bekommen, dass er drinnen gestrichen hat. Was soll das?"

Sie neigt den Kopf. „Das ist seltsam."

„Nee, es war eigentlich eine lustige Situation. Sie haben ihn ursprünglich bezahlen wollen, damit er Geld für ein Auto verdienen konnte, aber dann hat er diese lächerliche Schwärmerei für Olivia, Shaylas Assistentin entwickelt, die übrigens vier Jahre älter ist als er. Finn ist noch auf dem College. Wie auch immer, Olivia fand es beunruhigend, dass Finn für sie geschwärmt hat, also hat sie Shayla dazu gebracht, ihm dreifache Überstunden zu zahlen, damit er schneller fertig wurde."

„Aww, ich wette, er ist so süß wie du."

„Ja, du findest mich süß? Was sonst noch?"

Sie stößt sich vom Tisch ab. „Ich sollte gehen." Sie deutet vage hinter sich. „Hab noch Dinge zu erledigen."

Ich stehe auf. „Lust auf Eis? Wir könnten uns unterwegs zu dir welches holen. Shane's Scoops ist das beste Eiscafé im Bundesstaat. Sie haben sogar Preise gewonnen. Ist direkt an der Main Street. Alles hausgemacht, sogar das, was man sich darüber streuen kann."

Sie schmilzt auf der Stelle dahin. „Ich hätte gern ein Eis. Ich hab schon die ganze Zeit solch ein Verlangen danach."

Ich gehe ihr nach draußen voraus. „Überrascht mich nicht."

„Wie viele Geschmacksrichtungen haben sie?"

„Hab ich nie gezählt." Ich öffne ihr die Tür und schließe hinter uns ab. „Viele."

„Haben sie auch Schokokirsche?", fragt sie mit solcher Hoffnung in den Augen, dass ich es nicht ertrage, sie zu enttäuschen.

„Ich habe keine Ahnung, aber ich werde den ganzen Staat absuchen, um welches für dich zu finden."

Sie legt eine Hand auf meinen Arm. „Kein Wunder, dass Frauen über dich herfallen."

„Was für Frauen?"

„Fast jede Frau, die in deine Bar kommt."

„Das stimmt nicht."

„Es liegt daran, dass es dir wichtig ist."

Ich sehe ihr in die Augen. „Du bist mir wichtig."

Sie wendet den Blick ab und eilt den Bürgersteig hinunter. „Komm schon, das Eis wartet. Ich muss mein Lauftraining so schnell wie möglich ruinieren."

Es heißt, der Weg zum Herzen eines Mannes geht durch seinen Magen. Frauen sind genauso, aber mit einem Twist: Der Weg zum Herzen einer Frau geht durch Schokolade.

5

Rowan

Nachdem ich Schokokirscheis aus der besten Eisdiele des Bundesstaates genossen habe, gehe ich auf einem Zuckerhoch nach Hause, entschlossen, meine Klienten zurückzugewinnen.

Der erste Anruf ist Brian, ein freundlicher Kerl, mit dem es immer ein Vergnügen ist zu arbeiten. Ihm gehört ein Catering-Geschäft in der City.

„Hi, Brian, hier ist Rowan Sanders. Ich hab gehört, dass Endeavor Media Ihnen ein vergünstigtes Angebot unterbreitet hat dafür, dass Sie ein Jahr lang bei ihnen bleiben. Manchmal bekommt man, wofür man bezahlt. Ich denke, Sie stimmen zu, dass ich mit Ihrer Social-Media-Kampagne und dem Online-Marketing für Ihr Unternehmen großartige Ergebnisse erzielt habe."

„Ja. Wir waren mit Ihrer Arbeit zufrieden, aber unser Budget ist knapp, und wir können das Angebot von Endeavor nicht ablehnen. Fünfundzwanzig Prozent Rabatt für ein Jahr ist ein unglaublicher Deal. Sie sind ein etabliertes Unternehmen. Vielleicht könnten wir nach dem Jahresrabatt noch einmal reden."

„Klar, melden Sie sich."

„Das mit Ihnen und Dave tut mir leid."

Dave hat unsere Klienten wohl wissen lassen, dass wir getrennte Wege gehen, als er den Deal abgeschlossen hat. Er hat wirklich schnell gearbeitet. Daher frage ich mich, ob er das schon vor der Hochzeit getan hat. Er muss bis zur letzten Minute zwischen mir und Sheila geschwankt haben. Idiot!

„Es war zum Besten", sage ich mit meiner besten professionellen Stimme.

Ich lege ein paar Minuten später auf, ein sinkendes Gefühl saugt mir das gute Eis-Mojo raus. Ich atme tief durch und rufe den nächsten Klienten auf der Liste an.

Das Gleiche. Jeder Klient sagt, er wäre bei mir geblieben, wenn ich den Rabatt von Endeavor oder was Besseres hätte. Ich kann nicht. Ich wäre in drei Monaten aus dem Geschäft. Endeavor Media ist groß genug, um für die Akquise neuer Kunden einen Verlust einzustecken.

Sieht so aus, als ob ich bei null anfangen oder mir einen neuen Job bei einer etablierten Agentur suchen muss. Vielleicht stellt Endeavor Media mich ein, und ich kann den Laden niederbrennen. Ist nur ein Scherz!

Ich rufe meinen Anwalt Bob an, um zu sehen, ob ich Dave verklagen kann, weil er all meine Klienten gestohlen hat.

„Tut mir leid, Rowan, euer Partnerschaftsvertrag enthielt keine Bestimmung, die es einem von euch verbietet, nach Beendigung der Arbeitgeberbeziehung Kunden mitzunehmen."

„Warum hast du das nicht in den Vertrag aufgenommen?"

„Du sagtest, es sei nicht nötig. Ihr wolltet heiraten. Wenn ihr die Hochzeit durchgezogen hättet, hätten wir euer Vermögen gerecht teilen können, aber das habt ihr nicht. Es tut mir leid, dass ich keine besseren Nachrichten habe. Die gute Nachricht ist, dass Dave die Papiere, die eure Geschäftspartnerschaft auflösen, gleich unterschrieben hat, also ist das geklärt."

„Großartig!"

Ich lege auf und überlege, mir mehr Eis zu kaufen. Wenn je ein Tag einen doppelten Eissnack verlangt hat, dann der heutige. Aber dann sehe ich hinunter und finde Felix, der sich um mein Bein schlängelt.

Ich hebe ihn hoch und bringe ihn zum Sofa, wo wir zusammen ein Nickerchen machen. Manchmal braucht man nur die bedingungslose Liebe eines Haustieres.

Cooper setzt sich wieder für mich ein, taucht am Samstagmorgen mit einem geliehenen Truck auf und fährt mich zu meiner Wohnung in der City. Er ist wie ein Ritter in glänzender Rüstung, wenn ich an sowas glauben würde.

Als wir dort ankommen, wartet Finn schon auf dem Bürgersteig. Zerzaust und müde, aber er ist da. Zehn Uhr dreißig ist früh für einen College-Studenten. Er ähnelt Cooper, nur, dass Finn blaue Augen hat und Coopers sind braun.

Cooper stellt uns vor. Finn streckt mir seine Hand hin, und ich schüttele sie. „Schön, dich kennenzulernen, Rowan."

„Dich auch. Vielen Dank, dass du mir hilfst!"

„Natürlich."

Ich gehe zur Wohnung voraus und denke, ich sollte Hailey danken, dass sie so tolle Kinder großgezogen hat. Ich bin sicher, dass ihr Dad auch großartig ist. Es muss so sein.

Dave begrüßt uns an der Tür mit einem Kerl, den ich noch nie zuvor gesehen habe. „Sobald du fertig bist, wird er die Schlösser austauschen, also beeil dich."

„Es dauert so lange, wie es dauert", sage ich und rausche an ihm vorbei.

„Arschloch", sagt Cooper.

Ich höre ein Gerangel und drehe mich um, um zu sehen, wie Cooper Daves Arm hinter dessen Rücken verdreht hat. „Versuch's mal", knurrt Cooper.

„Ich werde Sie anzeigen, wenn Sie mich verletzen!", schreit Dave.

„Du hast mich zuerst geschubst", sagt Cooper. „Vielleicht zeige ich dich an!"

„Cooper, bitte", sage ich. „Lass uns das einfach erledigen und von hier verschwinden."

Cooper lässt Dave los und starrt ihn finster an. Dave reibt sich den Arm.

Zum Glück ist Dave schlau genug, um uns aus dem Weg zu gehen, während wir uns an die Arbeit machen. Eine Stunde später ist mein Zeug im Truck. Ich gehe ohne Abschied. Dave hat keinen verdient.

„Sonst noch was, bei dem ich dir helfen kann?", fragt Finn.

So süß. „Das ist alles. Finn, es war sehr nett von dir zu helfen. Ich bin dir wirklich sehr dankbar."

„Kein Problem", sagt er. „Ich dachte, das würde den ganzen Tag dauern. War ja nur eine Stunde."

Mein Herz zieht sich zusammen. Er war bereit, seinen ganzen Samstag damit zu verbringen, einer Fremden zu helfen, nur weil sein Bruder ihn darum gebeten hat. „Ich wünschte, ich könnte dir was zahlen. Aber du hast meinen Dank, und wenn du irgendwann was brauchst, bei dem ich helfen kann, lass es mich wissen. Ich kenne die Werbewelt, wenn das hilft."

Er lächelt. „Alles gut."

Cooper gibt ihm eine männliche halbe Umarmung, halb klopft er ihm auf den Rücken. „Danke, Bruderherz. Ich sehe dich dann morgen beim Sonntagsfamilienessen." Er dreht sich zu mir um. „Du bist auch eingeladen."

Ich lege die Hand an mein Herz. „Ich? Aber ich gehöre nicht zur Familie."

„Du solltest kommen", sagt Finn. „Dad ist ein großartiger Koch. Gourmet-Niveau."

„Nun, es ist nicht so, als würde ich in Kürze Gourmetessen bekommen."

„Das ist die richtige Einstellung", sagt Cooper mit einem Zwinkern.

„Tut mir leid, ich würde gern los."

„Später!" Finn joggt davon.

Ich drehe mich zu Cooper um. „Läuft er zum Campus

zurück?" Er geht zur NYU, was eine halbe Stunde U-Bahn-Fahrt von hier ist.

„Wahrscheinlich. Können wir los?"

„Ja."

Wir steigen in den Truck. Cooper lässt den Motor an und fährt langsam die Straße hinunter. Ich werfe einen letzten Blick auf die Wohnung, in der ich fast zwei Jahre gelebt habe, und seufze. In dreißig Tagen, mehr oder weniger, bin ich wieder in der City. Hoffentlich finde ich eine Wohnung in meiner Preisklasse. Wenn sie hier nur Clover Park Preise hätten. Natürlich gibt es einen Grund, warum die Miete hier so hoch ist; es ist ein fantastischer, aufregender Ort zum Leben. Ich bin mir sicher, dass ich mit der Zeit diese Aufregung wieder fühlen werde. Es ist nur Dave, der mich runterreißt.

„Geht's dir gut?", fragt Cooper.

„Ja. Es ist eine Erleichterung, wenigstens ein paar meiner Sachen wiederzuhaben."

„Harper hat einen Frauenschuppen im Garten, wo wir die Sachen vorübergehend lagern können."

„Einen Frauenschuppen?"

„Ja, wie eine Männerhöhle, aber für Frauen. Sie hat die Garage umgebaut. Da gibt's jetzt Strom, Heizung und eine Klimaanlage. Sie benutzt sie als Homeoffice, aber sie sagt, es gibt noch Platz für deine Sachen. Sie hat nur einen Schreibtisch und einen Stuhl da drin."

Offenbar hat Cooper für mich mit Harper geredet. Es ist mir etwas peinlich, dass er sich für mich einsetzt. Ich kann für mich selbst sprechen.

„Lass mich nächstes Mal mit Leuten über meine Angelegenheiten reden, okay?", sage ich.

„Sicher. Irgendwie kam die Sprache darauf. Sie ist meine Cousine, und wir reden regelmäßig."

„Nun, es gefällt mir nicht, ihr Homeoffice durcheinanderzubringen. Sie hat bereits so viel für mich getan und mich in ihrem Haus willkommen geheißen." MacKenzie und Harper waren begeistert davon, dass ich länger bleibe. Ihre unbeschwerte Akzeptanz ist mir fremd. Ein gutes Fremd aber.

„Nicht alles ist transaktional. Für sie ist das in Ordnung."

Ich denke darüber nach. Ich bin an transaktionale Beziehungen gewöhnt. Du hörst mir zu, ich höre dir zu. Du besorgst mir Mittagessen, ich besorge dir Mittagessen. Im Grunde wurde ich so erzogen. „Schätze schon."

„Manchmal reicht es, einfach du zu sein."

Es ist nie genug. Das behalte ich für mich. Es ist nicht nötig, schon wieder Cooper damit zu belasten.

Wir schweigen, als wir die City verlassen und auf der Schnellstraße zurück nach Hause fahren. Ich meine mein vorübergehendes Zuhause. Das darf ich nicht vergessen.

„Wenn du was brauchst, sag's einfach", sagt Cooper. „Wenn ich dir nicht helfen kann, kenne ich jemanden, der es kann."

Warum?, platze ich fast heraus.

„Vielen Dank!"

„Komm heute Abend ins Happy Endings. Ich arbeite, also kann ich dir Drinks aufs Haus spendieren. Auch Abendessen."

Ich schüttle den Kopf. „Du bestiehlst deinen Arbeitgeber."

„Ich bin mein Arbeitgeber."

„Dir gehört der Laden?"

Er sieht zu mir herüber. „Ich bin noch kein Partner, aber ich werde es sein, sobald Dad denkt, dass ich bereit bin. Seit der Highschool habe ich mich hochgearbeitet. Ich habe die Tische abgeräumt, war Kellner, Tischanweiser, Küchenhelfer und jetzt bin ich Barkeeper und Manager."

Er ist reifer als die meisten Jungs in ihren Zwanzigern. Vielleicht, weil er tief in der Stadt verwurzelt ist, einen Job hat, den er liebt und den Rest seines Lebens behalten kann, und er hat eine enge Familie. Ich hätte gern das Gleiche, besonders eine enge Familie. Ist nur nicht in den Karten für mich.

„Was ist mit Finn und MacKenzie?", frage ich. „Werden sie auch Partner?"

„Finn könnte sich uns anschließen, wenn er will, aber ich bezweifle das. Er ist wirklich kreativ. Er könnte was mit Schreiben machen. In der Highschool hat er einige Dichtwettbewerbe gewonnen."

„Eine sensible Seele. Das ist nett. Obwohl man heutzutage nicht von vielen Dichterjobs hört."

„Ja, wir werden sehen. Er ist immer willkommen. MacKenzie hat ihr eigenes Unternehmen. Mom hofft insgeheim, dass MacKenzie eines Tages ihr Hochzeitsplanungsgeschäft übernimmt. Sprich das MacKenzie gegenüber nicht an. Im Moment hat sie's nicht so mit der Liebe."

„Das verstehe ich vollkommen." Ich drehe mich zu ihm, bewundere sein Profil, die scharfen Linien seiner Wangenknochen und des Kiefers. Ich sehe nach vorn, und Hitze strömt durch meinen Körper. Er ist wunderschön. Mein Körper scheint an Bord zu sein, auch wenn mein Kopf und mein Herz es besser wissen. Wir sind nah genug, damit ich seinen köstlichen holzigen Duft einatmen kann.

Das ist nicht gut.

Ich versuche, mich auf unsere Unterhaltung zu konzentrieren. „Manager zu sein bedeutet also, dass du so viel Essen und Trinken haben kannst, wie du willst?"

„Der Sohn des Besitzers zu sein bedeutet, dass ich all das kostenlose Essen und Getränke haben kann, die ich haben will. Wenn du dich dadurch besser fühlst, bezahle ich deine Sachen, aber dann klingt es eher nach einem Date. Ist das für dich in Ordnung?"

Er sieht zu mir herüber.

Adrenalin rauscht durch mich. *Gefahr! Gefahr!* Kein Daten, keine Männer. Nicht mal süße, sexy, wunderschöne Männer, die an jeder Ecke für einen da sind. Oh nein, ich stehe viel zu sehr auf diesen Kerl.

Der kalte Schweiß bricht mir aus. Ich würde ja die Flucht ergreifen, aber wir stecken zusammen in einem Truck fest. Keine gute Idee, aus der Tür zu springen, während wir an der Bronx vorbeirasen.

„Geht's dir gut?", fragt er.

Ich reibe die Seite meines Halses. „Dating ist vom Tisch. Nichts Persönliches. Nur, du weißt schon, das Herz gebrochen und am Boden zerstört. Vor einer Woche dachte ich noch, ich wäre jetzt verheiratet!"

„Kein Problem. Ich weiß nicht, warum ich das gesagt habe. Freunde?"

„Ja, natürlich. Freunde. Danke für dein Verständnis."

Er drückt meine Hand. Ein Kribbeln rast meinen Arm hoch.

Ich reibe den Arm. „In dreißig Tagen habe ich die Anzahlung meiner Wohnung zurück und ziehe wieder in die City. Ich will mein altes Leben zurück."

„Tut mir leid, das sagen zu müssen, aber dein altes Leben gibt es nicht mehr. Hast du nicht gesagt, dass all deine Klienten zu der Agentur von Daves Cousin gegangen sind?"

„Ja, und ich kann es mir nicht leisten, sie zurückzulocken, aber ich kann neue Kunden gewinnen. Irgendwann." Ich atme kräftig aus. „Um ehrlich zu sein, bin ich in die Werbung gegangen, um in die Fußstapfen meiner Mom zu treten. Irgendwie habe ich gedacht, ich könnte mich ihr näher fühlen, das Leben verstehen, das sie geführt hat, bevor sie starb. Aber es ist jetzt eine andere Welt als damals, als sie darin gearbeitet hat."

„Gefällt dir diese Arbeit?"

„Teile davon." Ich reibe mir die Schläfe. „Der Gedanke daran, von vorn anfangen zu müssen, ermüdet mich. Vielleicht ist Werbung nicht das, wofür ich gemacht bin."

„Wenn es jemals eine Zeit für einen Neuanfang gegeben hat, dann jetzt. Lass dir Zeit und denk darüber nach, was du willst. Was auch immer du entscheidest, ich werde hier sein."

Ich verschränke die Arme und umarme mich selbst. Habe ich den perfekten Kerl getroffen? Macht das Universum die Verwüstung wett, die Dave angerichtet hat? Das hier kann nicht echt sein. Cooper ist einfach zu gut, um wahr zu sein.

Am nächsten Tag stehe ich mit MacKenzie auf der Veranda ihres Elternhauses, einem zweistöckigen Haus im Kolonialstil mit naturfarbenen Holzverkleidungen und braunen Fensterläden. Sie klingelt. MacKenzie hält eine Flasche Wein in der Hand, was ihrer Meinung nach obligatorisch ist, um die ständigen Kupplungsversuche ihrer Mom auszuhalten.

„Willkommen, kommt rein", sagt Hailey, die in einem rosa Jumpsuit und Absatzschuhen an die Tür gekommen ist. Sie sieht aus wie ein Model. „Ich freu mich so, dass du auch kommen konntest, Rowan."

„Danke für die Einladung."

Als ich Hailey ansehe, fühle ich mich reichlich underdressed. MacKenzie hat mir gesagt, es sei ungezwungen, also trage ich ein langärmliges Baumwollhemd mit V-Ausschnitt zu Jeans. MacKenzie trägt einen dünnen Pullover und Jeans mit Stiefeln. Wenn ich jetzt so darüber nachdenke, sieht sie wirklich gepflegt aus.

„Oh, mein Lieblingswein", sagt Hailey zu MacKenzie und nimmt ihn ihr ab. „Vielen Dank!"

Sie geht voraus hinein.

„Hey, Rowan", sagt Finn und schließt sich uns an.

„Hey, schön, dich wiederzusehen."

MacKenzie umarmt ihn. „Wie läuft's im College?"

„Viel zu tun. Bereite mich gerade auf die Zwischenprüfung vor."

„Ohh, die Prüfungen vermisse ich nicht", sagt MacKenzie.

„Nimm Platz", sagt Hailey und deutet auf ein Anbausofa im Wohnzimmer. „Was kann ich dir zu trinken bringen?"

„Wein", sagt MacKenzie.

„Dasselbe bitte", sage ich.

„Wo ist Dad?", fragt MacKenzie.

„Draußen bei Cooper", antwortet Finn. „Sie grillen Rippchen, was so eine Art eine Ganztagessache ist."

Hailey flattert mit einer Hand durch die Luft. „Ich habe ihm gesagt, er soll nicht ein so aufwendiges Rezept machen. Er hat gestern mit der Marinade angefangen. Er sagt, jeder mag Rippchen, also lohnt es sich. Ist das in Ordnung für dich, Rowan?"

„Natürlich."

Sie nickt einmal und eilt in die Küche.

Ich geselle mich zu MacKenzie und Finn auf dem Sofa und warte gespannt darauf, dass Cooper hereinkommt. Ich weiß nicht, warum ich am Rande meines Sitzes bin. Gestern, nachdem wir meine Möbel mit Harpers Hilfe in ihren Schuppen gebracht haben, hat er mich wieder auf ein Eis eingeladen. Aber nur, weil ich einen Muntermacher brauchte. Das war kein Date. Ich meine, mal ehrlich, in meiner Situation, wie kann man erwarten, dass ich dem besten Eis des Staates widerstehe?

„Ich dachte, heute Abend sollte es ungezwungen sein", sage ich zu MacKenzie. „Ich fühle mich im Vergleich zu deiner Mom underdressed."

„Oh nein, das ist einfach ihre Garderobe", sagt MacKenzie. „Sie trägt nur legere Kleidung, wenn sie putzt oder im Garten arbeitet. Du hättest mal sehen sollen, wie sie mich angezogen hat, als ich klein war."

„Wenigstens hast du wie eine Mini-Mom-Zierpuppe ausgesehen", sagt Finn. „Sie hat mir und Cooper das Gleiche angezogen, als wären wir Zwillinge, obwohl wir vier Jahre auseinander sind. Wir sahen lächerlich aus."

„Ihr habt süß ausgesehen", sagt MacKenzie. „Cooper sah lächerlich aus, weil er älter war."

Finn lacht. „Ja."

„Ich würde gern Bilder davon sehen", sage ich.

MacKenzie deutet zur Treppe. „Du kannst dir die Fotogalerie an der Treppe ansehen. Da ist einiges an klassischer Finn-Cooper-Zwillingsaction dabei."

Ich gehe zu ihm. O mein Gott, sie sind anbetungswürdig, Cooper sieht auf einem verärgert aus, lächelt aber meistens für die Kamera. So ein Süßer. Finn ist auch süß wie ein Knopf. Mein Favorit ist das, auf dem Cooper seinen Arm um Finns Schultern gelegt hat. Sie sehen stolz aus, Brüder zu sein. Mir treten Tränen in die Augen, diese Verbindung gefällt mir. Ich hatte mir immer Geschwister gewünscht, mit denen ich eine Verbindung haben könnte.

Cooper taucht auf und lächelt mich an. Mein Puls steigt. Die Reaktion, die ich auf ihn habe, ist bizarr. Erstens bin ich nicht bereit für eine Beziehung irgendeiner Art. Zweitens bleibe ich nicht lange in der Stadt. Drittens: Er ist *umwerfend*. Da gibt es nichts zu leugnen. Wunderschön, süß, sexy. Wenn die Umstände andere wären …

„Wie ich sehe, hast du die Wall of Fame gefunden", sagt er. „Für das vollständige Bild musst du in mein Zimmer schauen. Einige Highlights – das blaue Band, das ich für das Schwimmteam in der vierten Klasse bekommen habe, und drei Basketball-Trophäen von der Mittelstufe. Leider hat es unser Highschool-Team nie zur Meisterschaft gebracht."

Ich lache. „Ich bin sicher, dass es ein Schrein für die Größe von Cooper Campbell ist."

„Wie es ja auch sein sollte. Mom hat MacKenzies Zimmer in einen Fitnessraum verwandelt, als sie ausgezogen ist. Meins und Finns Zimmer sind genauso geblieben, wie wir sie verlassen haben."

„Wollten eure Eltern kein Gästezimmer?"

„Sie lassen die Gäste einfach in einem Teenagerjungen-Gästezimmer schlafen."

„Ah!"

„Das Abendessen ist in ein paar Minuten fertig. Komm." Er bietet mir seinen Arm an.

Ich starre den Arm an, nehme ihn aber nicht. „Ich möchte nicht, dass deine Eltern einen falschen Eindruck von uns bekommen."

„Mom weiß, was los ist", sagt er. „Und Dad ist derjenige, der mir beigebracht hat, ein Gentleman zu sein. Sein Vater hat bei ihm und seinen Brüdern darauf bestanden, da die Mom seines Dads von ihrem Mann schlecht behandelt worden war. In ihrer zweiten Ehe war sie mit einem Mann mit Gentleman-Manieren verheiratet, und das war alles, was nötig war, um eine legendäre Familientradition zu beginnen."

„Wenn ich also nicht deinen Arm nehme, wird dein Dad sauer auf dich sein?"

„Genau."

„Hmmm …"

„Du kannst an meinem Arm reingehen!", ruft Finn aus dem Wohnzimmer.

„Sie kennt dich ja kaum", sagt Cooper und geht hinüber, um mit seinem Bruder zu streiten.

Ich gehe mit MacKenzie ins Esszimmer. Wir tauschen ein Lächeln aus. Es ist süß, aber unnötig, eine Eskorte ins Esszimmer zu haben.

Coopers Dad Josh stellt eine Platte mit Rippchen auf den Tisch. „Ich hoffe, du hast Hunger, Rowan."

„Das hab ich. Danke, dass ich hier sein darf."

„Natürlich." Er geht um den Tisch und bietet mir seine Hand an. Wie Cooper hat er braune Haare und warmbraune Augen mit Fältchen in den Winkeln, wenn er lächelt. „Ich bin Josh. Du hast anscheinend schon alle in der Familie kennengelernt, außer mir. Tut mir leid, dass du eine schwierige Phase durchmachst. Du bist an einem guten Ort gelandet."

Ich schüttle ihm die Hand. „Danke! Ich hab wirklich das Gefühl, Glück gehabt zu haben. Ihre Kinder sind wunderbar. Sie waren alle so hilfreich."

Seine Brust schiebt sich vor. „So haben wir sie erzogen."

MacKenzie umarmt ihn. „Wie geht's deinem Tennisarm?"

„Ach, gut. Ich mache meine Übungen." Er dreht sich zu mir um. „Ich spiele nicht einmal Tennis."

MacKenzie drückt seinen Arm. „Kommt von der Gartenarbeit."

Hailey eilt mit Beilagen herein und macht MacKenzie mit dem Kopf ein Zeichen. MacKenzie geht in die Küche und bringt zusätzliche Servietten und weitere Beilagen mit. Es gibt Maisbrot, grüne Bohnen mit Mandeln, Krautsalat, gebackene Bohnen und Pommes Frites.

Mein Magen knurrt.

Cooper setzt sich auf den Platz neben mich. „Da hat aber jemand Hunger."

Ich presse eine Hand auf meinen Bauch. „Das sieht alles so gut aus."

„Die Pommes Frites sind vom Happy Endings", sagt Hailey.

„Wie auch alles andere", sagt Josh.

„Das stimmt nicht", protestiert Hailey. „Ich habe den Krautsalat gemacht und du die Rippchen." Sie hebt die Rippchenplatte an und gibt sie mir zuerst. „Nimm dir, was du willst, und reich sie weiter."

Das Weiterreichen von Platten funktioniert wie ein Uhrwerk um den Tisch herum. Ich nehme ein bisschen von allem.

„Habt ihr oft so ein großes Sonntagsessen mit der Familie?", frage ich.

„Jeden Sonntag", sagt Cooper. „Wir schaffen es nicht alle jeden Sonntag, aber wir versuchen es."

Alle fangen an zu essen. Ich versuche, ordentlich mit meinen Rippchen zu sein, aber die Sauce macht es unmöglich. Nach einer Weile gebe ich auf und mache mich einfach dran. Scheint, als ob das sowieso jeder macht, sogar Hailey, die immer so adrett aussieht.

Das Gespräch dreht sich um Hailey, die jedem ihrer Kinder Fragen stellt. Das scheint sie nicht zu stören und alle lachen viel. Es ist wundervoll.

Nach dem Abendessen bringt Hailey hausgemachten Apfelkuchen mit Schlagsahne.

„Dad hat den Kuchen und die Schlagsahne von Grund auf gemacht", erzählt Finn mir. „Du musst ihn probieren."

Ich lege eine Hand auf meinen Bauch. „Ihr hättet mich warnen sollen. Ich bin so voll!"

„Du kannst welchen mit nach Hause nehmen", sagt Hailey. „Der schmeckt auch gut zum Frühstück."

„Stimmt", sagt Josh.

„Dad hat einige Kochkurse belegt", sagt Cooper. „Er ist der Gourmet in dieser Familie."

„Hilft im Restaurant", sagt Josh. „Du solltest auch welche machen, Coop."

„Dafür ist doch der Chefkoch da", sagt Cooper.

„Hilft bei der Menüplanung", erwidert Josh.

Cooper schließt den Mund. Ich habe so das Gefühl, dass sie dieses Gespräch schon einmal hatten.

Hailey lenkt das Gespräch auf den neuesten Stand ihrer Arbeit, wo sie kürzlich einen großen Kunden gelandet hat. Ein junger Senator mit Präsidentschaftserwartungen.

„Habt ihr Rowan herumgeführt?", fragt Hailey MacKenzie und Cooper.

„Ich habe ihr Felix vorgestellt", sagt MacKenzie. „Ich glaube, er mag sie mehr als mich."

„Er ist ein toller Kater", sage ich.

„Ich habe Rowan das Wunder von Shane's Scoops gezeigt", sagt Cooper.

„Fantastisches Eis", sage ich. „Ich bin im Himmel. Der Höhepunkt meines Tages."

Hailey lächelt. „Stimmt. Ihr Ruf ist wirklich verdient. Rowan, Cooper hat mir ein bisschen von deiner Situation erzählt, und ich wollte dir sagen, dass du so lange bei uns bleiben kannst, wie du willst. Wir haben zwei leere Schlafzimmer. Viel Platz."

„Absolut", sagt Josh.

„Sie ist schon bei mir", sagt MacKenzie. „Ich war zuerst da. Wir haben ihr gesagt, dass sie den nächsten Monat bleiben kann, während sie darauf wartet, dass sie die Anzahlung für die Wohnung zurückbekommt."

„Oh! Das wusste ich nicht", sagt Hailey mit einem sonnigen Lächeln. „Freut mich, das zu hören." Dann sagt sie mit leiser Stimme zu MacKenzie: „Wenn du mir erzählen würdest, was in deinem Leben so vor sich geht, würde ich das zu schätzen wissen."

„Hab ich dir doch gerade gesagt", erwidert MacKenzie.

Ich lächle. „Danke für das Angebot, Hailey."

Alle machen sich wieder in behaglichem Schweigen ans Essen. Hailey hat wunderbar fürsorgliche mütterliche Gefühle. Das habe ich schon bemerkt, als sie meine Hochzeitsplanerin war, und jetzt, wo ich das Familienessen genieße, möchte ich Teil dieser reizenden Familie sein.

„Meine Wohnung ist auch eine Möglichkeit", sagt Cooper und bricht das Schweigen.

„Das ist vom Tisch", sagt Josh.

„Warum?", fragt Cooper.

„Musst du ernsthaft fragen warum?", sagt Josh. „Du hast ein Einzimmerapartment."

„Ich würde ihr mein Bett geben und das Sofa nehmen", sagt Cooper.

„Stopp", sagt Josh.

Cooper runzelt die Stirn.

„Das ist sehr nett von dir, mir das anzubieten", sage ich Cooper.

Er grunzt und wirft seinem Dad einen Seitenblick zu. Josh schüttelt den Kopf.

„MacKenzies Haus wäre spaßiger für Rowan", sagt Finn. Cooper sieht beleidigt aus.

Josh legt seinen Ellbogen auf den Tisch. „Armdrücken um sie, Cooper."

Meine Augen weiten sich. *Meint er das ernst?*

„Dad! Du hast einen Tennisarm. Ich werde kein Armdrücken mit dir machen."

„Das ist mein anderer Ellbogen", sagt Josh.

Cooper richtet seinen Arm neben dem seines Vaters aus, und sie fangen an zu drücken. Ich sehe fasziniert zu. Sie scheinen gleichstark zu sein. Finn und MacKenzie fangen an zu jubeln. Finn für Cooper; MacKenzie für Josh.

„Was ist denn das, Rowan?", fragt Josh.

Cooper dreht sich zu mir um, und Josh schlägt seinen Arm auf den Tisch.

„Ha!", ruft Josh.

„Hinterhältig", murmelt Cooper.

Josh und Hailey tauschen wissende Blicke aus. Ich hoffe, sie denken nicht, dass da was zwischen mir und Cooper ist. Das würde besonders bei Hailey schlecht ankommen, die mich vor nicht allzu langer Zeit total in Dave verliebt gesehen hat. Idiotisch von mir!

Nach dem Dessert räumen MacKenzie, Finn und Cooper das Geschirr sofort ab. Ich springe auf, um zu helfen.

Sobald wir in der Küche sind, beugt MacKenzie sich vor, um zu flüstern: „Tut mir leid, dass meine Familie so seltsam ist."

„Sie sind fantastisch."

Hailey steckt den Kopf in die Küche. „Rowan, du bist ein Gast. Du musst nicht mit abräumen. Komm ins Wohnzimmer raus. Ich würde gern mit dir reden."

„Natürlich."

Ich sehe zurück über meine Schulter. Cooper lächelt, als wüsste er, worum es geht. MacKenzie scheucht mich hinaus. Josh kommt auf dem Weg zum Grill, den er reinigen will, an mir vorbei und lächelt mich an.

Ich betrete das Wohnzimmer. Weiß jeder in dieser Familie, worum es geht, außer mir?

Hailey bedeutet mir, mich zu setzen. Sobald ich das tue, sagt sie: „Ich weiß, dass du mit deiner Werbeagentur wieder auf die Beine kommst. In der Zwischenzeit habe ich mich gefragt, ob du vielleicht bei mir als meine Assistentin arbeiten möchtest. Meine langjährige Geschäftspartnerin, Ally, ist vor Kurzem gegangen, um ihren Traum zu verwirklichen und Romanautorin zu werden."

Mir bleibt der Mund offenstehen „Du willst, dass ich dir beim Planen von Hochzeiten helfe?" Erinnert sie sich nicht daran, dass ich vor acht Tagen bei meiner Hochzeit sitzengelassen wurde? (Aber wer zählt schon die Tage?)

Sie nickt und lächelt.

„Ich weiß nicht. All diese glücklichen Bräute …"

„Auch auf der geschäftlichen Seite gibt es viel zu tun. Marketing und Werbung, Buchführung, Logistik, Strategie. Es sind nicht nur Kleider und Blumen. Das wäre ja auch nur, um dich beim Wiederaufbau über Wasser zu halten. Wir können sogar Teilzeit machen, wenn du willst. Ich bin flexibel."

„Kann ich darüber nachdenken?"

„Natürlich. Ich verspreche, ich bin ein guter Chef."

„Da bin ich mir sicher. Es hat mir gut gefallen, mit dir an meiner eigenen Hochzeit zu arbeiten."

„Jetzt siehst du unter der Haube, wie die gesamte Maschine funktioniert. Ich muss was gestehen: Sie wird hauptsächlich mit reinem Grips angetrieben, und ich weiß, dass du eine Menge davon besitzt. Sieh dich an, arbeitest schon daran, die Teile deines Lebens wieder zusammenzusetzen. Einige Frauen würden immer noch auf dem Sofa sitzen, fernsehen und sich mit Keksen vollstopfen."

„Das wäre einfacher gewesen. Obwohl Cooper mich mit Eis verführt hat."

„Eis ist gut für dich. Es enthält Kalzium und Protein. Und es ist ein bekannter Stimmungsaufheller."

„Wirklich?"

„Ich habe noch niemanden getroffen, der was anderes dachte."

Wir lachen.

„Du hast eine nette Familie", sage ich. „Ich glaube nicht, dass ich ohne sie in so guter Verfassung wäre."

„Danke! Ich hoffe, du kommst wieder zu uns zum Abendessen. Offene Einladung jeden Sonntag."

„Das fände ich wunderbar!"

Sie lächelt strahlend. „Gut. Du bist genau die Art von Mensch, die ich will für ... meine Kinder. Meine erwachsenen Kinder."

Ich neige den Kopf. Einen Moment lang dachte ich, sie würde Cooper sagen. „Danke!"

„Cooper ist seinem Vater sehr ähnlich, entspannt, locker, aber darunter befindet sich ein stählernes Rückgrat. Er wird dich nie im Stich lassen. Nur unter uns, er war noch nie ein Draufgänger. Er hatte ein paar Beziehungen –"

„Mom."

Sie wirbelt zu Cooper herum. „Seid ihr fertig in der Küche?"

„Ja. Hast du über mich gesprochen?" Er blickt mich an, Rosa schleicht sich seinen Hals hinauf.

Ich verkneife mir ein Lächeln.

Sie lächelt gut gelaunt. „Ich sage nur, dass du nach deinem Vater kommst."

„Er ist viel hinterhältiger als ich. Hast du gesehen, wie er mich reingelegt hat, um beim Armdrücken zu gewinnen?"

Hailey wirft mir einen wissenden Blick zu. „Das habe ich."

Er dreht sich zu mir um. „Wenn du willst, kann ich dich nach Hause begleiten."

„Oh! MacKenzie hat mich mitgenommen."

„Ich bleibe noch eine Weile hier!", ruft MacKenzie aus der Küche. Sie kommt ins Wohnzimmer. „Es ist okay, wenn du nach Hause willst, oder du kannst auch noch bleiben. Dad und ich schauen Football."

Ein Vorteil, Dave-frei zu sein, ist, dass nicht ständig Sport läuft. Ich drehe mich zu Cooper um. „Willst du dir das Spiel nicht ansehen?"

„Nee. Ich spiele lieber, als dass ich zusehe, obwohl ich auch hingehe, wenn jemand Tickets hat."

„Ich glaube, dann werde ich jetzt gehen. „Danke für das nette Abendessen."

Ich verabschiede mich von allen. Hailey überrascht mich mit einer Umarmung zum Abschied.

Ich gehe mit einem Lächeln im Gesicht.

6

Cooper

Rowan passt genau zu meiner Familie. Noch ein Punkt zu ihren Gunsten. Je mehr Zeit ich mit ihr verbringe, desto mehr mag ich sie. *Denk an Brianna. Sie hat dir den Teppich unter den Füßen weggezogen, nachdem du ihr geholfen hast, wieder auf die Beine zu kommen.*

Rowan sieht zu mir auf. „Es ist also ziemlich sicher, hier im Dunkeln spazieren zu gehen?"

„Absolut! Die Hälfte der Zeit schließen die Leute nicht einmal ihre Türen ab. Und der Schlüssel liegt normalerweise unter der Matte oder in einem Froschtopf in der Nähe. Manchmal ist es auch eine Schildkröte."

Sie lacht. „Grandma hat immer einen Schlüssel in einem falschen Stein aufbewahrt."

„Bist du auch in einer Kleinstadt aufgewachsen?"

„Eigentlich war es eher wie auf dem Land. Sie hat auf einer Farm in Pennsylvania gelebt. Nachdem Grandpa gestorben war, wurde die Farm geschlossen. Es waren Meilen bis zum Nachbarhaus. Ich bin sehr gut im Speed-Bike-Fahren."

„Speed-Bike-Fahren hört sich super an."

„Ist es. Es geht nichts über den Wind in deinen Haaren. Ich habe immer den Helm abgenommen, wenn ich außer

Sichtweite des Hauses kam."

„Wildes Mädchen!"

Sie lächelt. „Zum größten Teil war ich die perfekte Eins, eine Enkelin, die sich an Regeln hielt."

„Das Fahrrad hat deine böse Seite zum Vorschein gebracht. Ich wette, du würdest gern Motorrad fahren."

„Zu gefährlich." Sie sieht sich um. „Gut, dass du mich begleitest, denn ich weiß nicht mehr, wie wir zu deinen Eltern gekommen sind."

„Es ist ein Raster, nicht allzu schwierig. Sieh dir mal die Stadtkarte an, und du hast es im Handumdrehen raus. Wenn du dich jemals verirrst, dann geh in Richtung Main Street." Ich mache eine Geste in die entsprechende Richtung. „Alle Straßen führen zur Main Street. MacKenzies Haus befindet sich in der Catoonah Street, eine Querstraße der Main."

„Alles klar. Deine Familie ist so nett. Ich beneide dich darum, dass du aus einer so engmaschigen Familie kommst."

„Du bist die erste Frau, die ich mit nach Hause gebracht habe, um sie meinen Eltern vorzustellen."

„Wirklich? Deine Mom sagte, du hattest mehrere Beziehungen."

„Ich wusste, dass sie über mich geredet hat! Hör nicht auf sie."

„Warum? Stimmt es nicht?"

„Nein, es stimmt schon, dass ich Beziehungen hatte. Ich ziehe es nur vor, dass du Informationen über mich direkt von der Quelle bekommst."

„Und du hast nie jemanden nach Hause eingeladen, um sie deinen Eltern vorzustellen?"

„Nun, ich habe meine letzte Freundin, Brianna, eingeladen. Aber sie ist mit Freunden an den Strand gefahren und schrieb mir von dort, dass sie nicht kommen würde. Mom hielt sie immer für zu flatterhaft. Ich schätze, sie hatte recht, denn nachdem ich Brianna geholfen habe, wieder auf die Beine zu kommen, ist sie weitergezogen."

„Also bin ich wirklich die erste Frau beim Sonntagsessen."

„Ja, und es war heikel, denn Mom ist nicht nur Hochzeitsplanerin, sie ist auch eine intensive Kupplerin. Das ist der Hauptgrund, warum ich niemanden mit nach Hause bringe. Ich will nicht, dass sie sich darauf stürzt und nach der Beziehung fragt, wohin sie führt, weißt du. All das Zeug mit Liebe und Verpflichtung. Sie meint es gut."

„Ich schätze, heute war es anders, weil ich mit MacKenzie gekommen bin."

„Ja, ich bin wohl etwas vom Thema abgekommen. Das mit dem Kennenlernen meiner Eltern war nur ein Scherz. Ist in die Hose gegangen."

Sie lächelt und stupst mich mit dem Ellbogen an. „Bringt sie dich mit Geschichten aus deiner Kindheit in Verlegenheit? MacKenzie und Harper haben mir schon gesagt, dass du früher wild warst und sie mit Essen beworfen hast."

Ich lache. „Ja, also, das stimmt. Aber nie in böser Absicht. Und sie haben auch Essen zurückgeworfen. Ich wette, den Teil haben sie ausgelassen."

„Das haben sie."

Eine Weile gehen wir schweigend weiter. Sie atmet tief durch und bleibt stehen, um zum Himmel aufzublicken. „Hier kann man so viele Sterne sehen."

„Ja. In der City gibt es zu viel Lichtverschmutzung, und all diese Wolkenkratzer versperren einem den Blick."

„Es ist wunderschön!"

Sie macht ein Foto mit ihrem Handy und sieht es sich an. „Ich hab es nicht wirklich einfangen können."

„Ja, es ist besser, es mit den eigenen Augen aufzunehmen." Sie geht weiter, und ich halte mit. „Du solltest den Job bei meiner Mom annehmen."

„Ich denke ernsthaft darüber nach. Ich meine, ich kann es mir nicht leisten, wählerisch zu sein. Ich weiß nur nicht, ob ich mit all diesen glücklich verliebten Paaren umgehen kann."

„Stell dir vor, du wärst Eventplanerin."

„Sie hat gesagt, sie sei flexibel und ich könne Teilzeit arbeiten."

„Na also! Ich würde dich ja als Kellnerin im Happy Endings anheuern, aber wir sind voll besetzt."

„O Gott, nein, ich war einen Sommer Kellnerin, als ich noch auf dem College war, und ich war schrecklich darin. Hab ständig die Bestellungen falsch aufgenommen und das Geschirr fallen gelassen. Nichts für mich."

„Es wäre jedenfalls cool, wenn du bleiben würdest." Die Worte sind aus meinem Mund, bevor ich sie stoppen kann. Mist! Mal ganz ruhig.

Ihre Augen weiten sich, und sie bewegt sich, um Abstand zwischen uns zu bringen.

Ich halte eine Hand hoch. „Kein Druck. Ich dachte nur —"

„Ich habe gerade eine ernste Beziehung beendet."

„Ich weiß, das ist nicht leicht. Ich habe letztes Jahr eine beendet."

„Das hast du?"

„Ja. Brianna. Sie ist in die City gezogen und ghostet mich seitdem."

„Ich klinge genau wie sie. Jemand, dem du geholfen hast und der in die City ziehen will."

„Du würdest mich nie ghosten."

„Nein, das würde ich nicht", sagt sie leise. „Woher weißt du das?"

„Ich habe dich mit meiner Familie beobachtet. Du magst uns. Und das beruht auf Gegenseitigkeit. Jeder, der mit einem Campbell-Sonntagsessen fertig wird, ist meine Art Mensch. Und meine Art würde niemals ohne Abschied abhauen."

Unsere Hände streifen sich im Gehen und schicken einen Ruck durch mich. Ich mag sie. Ich weiß, ich sollte Distanz zu ihr wahren. Ich glaube nicht, dass sie mich ghosten würde, aber ich glaube, sie wird gehen, sobald sie kann, um ein neues Leben in der City zu beginnen. Ich hingegen kann die City nur in kleinen Dosen ertragen. Mein Leben ist hier.

Ich trete beiseite, damit unsere Hände einander nicht versehentlich berühren. „Jedenfalls solltest du den Job annehmen. Du wirst dich besser fühlen, wenn du ein bisschen Geld auf der Bank hast, während du dein Geschäft wieder aufbaust."

„Das ist also der einzige Grund, weswegen ich hierbleiben soll?"

„Du würdest Mom wirklich helfen. Sie ist wieder Alleinunternehmerin. Sie sagt oft, sie wünschte sich, sie könnte sich selbst klonen."

„MacKenzie wäre das, was einem Klon am nächsten käme."

„Nun, so weit würde ich nicht gehen. MacKenzie ist viel pragmatischer und steht nicht so auf die Märchenhochzeiten, zu denen Mom den Bräuten verhilft. Mom hat sie nie unter Druck gesetzt, nur eine offene Einladung ausgesprochen, auf die MacKenzie nicht zurückgekommen ist."

Sie schweigt. Ich spüre, wie sie mich anstarrt. Zwischen uns gibt es definitiv Chemie. Ich habe es jedes Mal gespürt, wenn wir uns berühren. *Widerstehe! Bleib stark!*

Ich drehe mich zu ihr um und begegne ihrem Blick. Sie wendet ihn schnell ab. „Man kann fast überall in der Stadt hinlaufen, aber vielleicht möchtest du ein Auto für Lebensmitteleinkäufe, Besorgungen oder für die Fahrt zum Bahnhof. Die meisten großen Geschäfte sind eine halbe Stunde entfernt."

„Auto, Versicherung, Benzin. Das klingt teuer."

„Ich bin sehr eng mit meinem Cousin Mason. Der bei Exotic and Classic Restorations arbeitet. Das ist der, von dem ich mir den Truck geliehen habe, um deine Sachen zu transportieren. Ich bin mir sicher, dass er was für dich finden könnte, das nicht zu teuer ist."

„Der Name kommt mir bekannt vor. Exotic and Classic Restorations. Ist das der Laden in Eastman, Connecticut, in der Fernsehsendung *Hot Finds*?"

„Genau der. Bist du ein Fan?"

„Ich hab's mal gesehen. Dave hat sich das immer angesehen. Sein Traum war es, einen Oldtimer zu besitzen, sobald er einen zweiten Wohnsitz auf dem Land hat. Jetzt hat er eine Lama-Farm mit Sheila, also schätze ich, er ist auf dem Weg."

„Ausgerechnet eine Lama-Farm!"

„Ich möchte nicht darüber reden. Zurück zu *Hot Finds*. Ich habe Mason in der Show mit Parker und Ty gesehen."

„Das ist richtig. Mein Cousin und meine Onkel machen die Show gemeinsam. Natürlich ist das nicht so aufregend wie meine Tante. Claire Jordan ist ein bekannter Name."

„Harper hat mir schon erzählt, dass das ihre Mom ist. Wie ist sie so?"

„Sie ist ganz normal."

„Harper sieht ihr aber gar nicht ähnlich."

„Diese Campbell-Gene. Mein Onkel Jake ist der eineiige Zwilling meines Dads, daher sehen die Kinder beider Familien wie Geschwister aus."

„Eineiige Zwillinge klingt so lustig. Ich habe mir früher eine Zwillingsschwester gewünscht. Liegt das in eurer Familie?"

„Nun, ich bin mir nicht sicher, ob das genetisch ist, aber es gibt noch eine Reihe anderer eineiiger Zwillinge. Masons jüngere Brüder zum Beispiel."

„Geben sich die Zwillinge für den anderen aus und legen die Leute rein?"

Ich tauche in einen Familienklassiker ein. Die Geschichte, wie mein Onkel Jake und mein Dad Josh Plätze getauscht haben. Jake ist mit Claire ausgegangen, die Dad erwartet hat. Der einzige Grund war, dass Dad mit Mom ausgehen und beweisen wollte, dass sie nur Männer mit Geld wollte. Was nicht stimmte. Das hat einen Krieg zwischen Dad und Mom ausgelöst, der Legende in der Stadt ist.

Ich beende die Geschichte gerade, als wir den Weg zu ihrem Haus erreichen. Sie ist gut gelaunt und erfreut sich am Krieg zwischen meinen Eltern, die jetzt wie das perfekte Liebespaar aussehen. Wir kommen an der Veranda von MacKenzies und Harpers Haus an.

„Ich liebe es einfach", sagt sie. „Das würde man nie vermuten."

„Ich bin mir sicher, du wirst eines Tages auch von anderen darüber hören. Das ist eine beliebte Geschichte sowohl in unserer Familie als auch in der Stadt."

„Ist es deiner Mom peinlich?"

„Sie versucht, es abzuwiegeln, weil sie meint, es sei nicht gut für ihr Hochzeitsplanungsgeschäft. Daran hätte sie denken sollen, bevor sie sich auf den Krieg eingelassen hat."

Sie schüttelt den Kopf. „Sie muss so wütend auf ihn gewesen sein. Was sie nicht alles getan hat!"

„Das Lustige ist, er dachte, sie würden nur herumalbern."

Sie sieht mir in die Augen und wird ernst. Eine Spannung füllt die Luft zwischen uns. Ich bewege keinen Muskel.

„Vielleicht nehme ich den Job an", sagt sie.

„Großartig!"

„Gute Nacht." Sie beugt sich gerade vor, als ich mich bewege, und ihre Lippen treffen auf meine. Bei dem Kontakt rauscht ein Ansturm von Lust durch mich.

Sie schlägt sich eine Hand vor den Mund. „Ich wollte dich auf die Wange küssen, aber du hast dich bewegt."

Ich beuge mich hinunter und küsse ihre Wange. Sie legt ihre Hand an meine Wange und zieht mich zu einem echten Kuss an sich. *Yesss!* Ich erwidere ihn zurückhaltend, auch wenn die Lust durch meine Adern strömt.

Sie lehnt sich zurück, ihre Finger auf den Lippen, ihre blauen Augen riesig.

Meine Lippen biegen sich nach oben. „Gute Nacht."

Ich gehe nach Hause, Energie fließt durch meine Gliedmaßen. Ich will meine Faust in die Luft pumpen, aber ich muss mich mit einem inneren Jubel zufriedengeben. Ich wusste doch, dass da was ist.

Ich sehe über meine Schulter und ertappe sie dabei, wie sie mir hinterhersieht. Ich hebe eine Hand zum Abschied, und sie eilt zur Haustür.

Ich lächle vor mich hin und jogge den Rest des Weges nach Hause. Solange ich es ungezwungen halte, wird es in Ordnung sein. Bei ihr besteht Fluchtgefahr.

Ein Teil von mir will mit ihr fliegen.

7

___

Rowan

Ich habe den Job angenommen. Und, nein, das hat nichts mit Cooper zu tun oder diesem Kuss, der nie wieder passieren darf. Es hat damit zu tun, dass ich keine Idiotin bin. Ich brauche Geld, und mir wurde ein flexibler Job von einer Frau angeboten, die ich bewundere. Und ich bin nicht die Art Mensch, die einfach herumsitzen und warten kann, bis was passiert. Bei mir heißt es immer: Los, los, los!

Okay, und Coopers Familie haben es mir irgendwie angetan, sie sind einfach so nett und nahe. Ich möchte mich noch ein bisschen länger als ein Teil davon fühlen. Das hatte ich noch nie.

„Du kannst mittags gehen", sagt Hailey zu mir. „Ich weiß, ich hab' dir heute eine Menge zugemutet." Wir sind in ihrem Büro, wo sie mir gerade ihre Organisationssoftware erklärt hat und wie sie Rechnungen kontrolliert. Ihr Büro ist genauso schön und gepflegt wie sie. Ihre Einrichtung ist makellos, mit eingebauten Bücherregalen und Ablagefächern. Antike Stücke, Landschaftsgemälde und eine Vase mit frischen Blumen machen es gemütlich.

Ich sitze an Allys altem Schreibtisch. „Eigentlich würde ich gern Vollzeit arbeiten. Du kannst mich für Teilzeit bezahlen, kein Problem. Ich kann nur nicht gut rumsitzen."

„Möchtest du nicht daran arbeiten, dein eigenes Geschäft wieder in Ordnung zu bringen?"

„Na ja, ich habe meine Klienten verloren, also wird es eine Weile dauern, neue zu finden. Und in Wahrheit bin ich mir nicht sicher, ob ich eine neue Werbeagentur eröffnen will. Es war eine Karriere, in die ich eingestiegen bin, weil meine Mom das gemacht hat. Vielleicht ist das ein guter Zeitpunkt, um es zu überdenken, weißt du?"

„Absolut! Ich würde dich gern hier haben, aber ich werde dich natürlich für deine Stunden bezahlen."

„Bist du dir sicher?"

„Ja. Ally hat bis vor einem Monat Vollzeit gearbeitet. Ich dachte nur, du wolltest Zeit für dein eigenes Ding. Wir entscheiden es einfach von Fall zu Fall, okay? Wann immer du frei brauchst, lass es mich wissen."

„Großartig, danke."

„Sicher. Ich esse normalerweise hier zu Mittag, bringe mir was von zu Hause mit. Es gibt noch Chicken Francese und Salat im Kühlschrank von unserer letzten Hochzeit, du kannst dich gern bedienen. Oder wenn du dir was auf der anderen Straßenseite im Happy Endings holen willst, sag Josh einfach, dass ich dich geschickt habe. Ach, warte, montags ist Cooper da. Sag ihm, dass ich dich geschickt habe, und er gibt dir ein Essen aufs Haus."

Ich werde rot, als ich nur seinen Namen höre. Cooper hat mich gestern Abend geküsst. Oder ich habe ihn geküsst. Ich bin mir nicht sicher, wer sich zuerst bewegt hat, aber wow! Dieser Kuss war wie nichts, was ich zuvor gefühlt habe. Es war ein Schock für das System und gleichzeitig warm und locker, als könnte ich mich einfach immer wieder hineinfallen lassen.

Was hab' ich mir eigentlich gedacht?

Du hast nicht gedacht. Das war alles Gefühl.

Ich lege eine Hand an meine warme Wange.

„Rowan, geht's dir gut?"

Ich nehme die Hand herunter, peinlich berührt. „Ja, tut mir leid. Hochzeitsreste klingen gut zum Mittagessen. Ich möchte nicht weiter gratis Essen aus dem Restaurant deiner Familie schnorren."

„Wir helfen gern."

Ich nicke. „Ich muss auf meinen eigenen beiden Beinen stehen, und zwar so bald wie möglich."

„Hättest du gern einen Vorschuss auf deinen Gehaltsscheck?"

Ich halte eine Hand hoch. „Du bist viel zu großzügig. Ich verdiene mir meinen Unterhalt. Du kannst mich bezahlen, nachdem ich die Arbeit erledigt habe. Außerdem weißt du noch nicht einmal, ob ich gut passe."

Sie lächelt, ihre blauen Augen funkeln, als hätte sie ein Geheimnis. „Ich weiß bereits, dass du gut passt. Ich bin so froh, dass du hier bist. Lass uns hinten was zu essen holen."

Ich folge ihr in die Küche und werde sofort daran erinnert, wie ich hier mit Cooper war, leckere Reste geschlemmt und mit Champagner runtergespült habe und dabei von seiner Wärme und seinem Charme begeistert war. Ich hätte eigentlich zu der Zeit ein totales Wrack sein sollen, und doch habe ich mich wohl genug gefühlt, um mich ihm gegenüber zu öffnen und über meine komplizierte Familiensituation zu berichten.

Wieder im Ludbury House zu sein, war nicht so schwierig, wie ich befürchtet hatte, denn es ist jetzt von meinen Erinnerungen an die Zeit mit Cooper hier geprägt. Es ist, als hätte seine Anwesenheit meine Katastrophe von einer Hochzeit in den Hintergrund verblassen lassen. Nicht vollständig, aber genug, um damit fertig zu werden.

Während wir zu Mittag essen, stellt Hailey mir den Zeitplan für den Rest des Tages vor. Sie hat zwei Neukundenberatungen, und dann möchte sie mir das Buchhaltungssystem zeigen, damit ich damit anfangen kann, Rechnungen einzutragen. Sie ist damit im Rückstand.

Sie beendet ihr Mittagessen vor mir, linst in den Kühlschrank und dreht sich zu mir um. „Ich dachte, ich hätte zwei Flaschen Champagner hier drin, aber da ist nur eine. Könntest du über die Straße laufen und Cooper um eine weitere

Flasche bitten? Sie muss gekühlt sein. Ich biete Neukunden immer Champagner an, um einen guten Start zu haben. Heute Nachmittag kommen zwei neue Paare."

Ich verschlucke mich an meinem Mittagessen und huste heftig. Ich nehme mein Wasser und trinke einen schnellen Schluck.

„Geht's dir gut?", fragt sie.

Ich nicke mit tränenden Augen.

„Ich würde es ja selbst tun, aber ich meditiere gern, bevor ich neue Kunden treffe. Hilft mir, mich in einen Zen-Zustand zu versetzen."

„Ja, natürlich." Ich bin schließlich ihre Assistentin. Zeit zu assistieren. Ich hatte nur gehofft, Cooper mindestens eine Woche lang nicht zu begegnen. Dann wäre genug Zeit für uns beide vergangen, um so zu tun, als wäre der Kuss nie passiert.

Ich stoße mich vom Tisch ab.

Sie hält eine Handfläche hoch. „Du kannst dein Mittagessen beenden. So eilig ist es nicht."

Mein Appetit hat mich verlassen, als die Nervosität übernahm. „Ich hake die Dinge gern auf der Liste ab, sobald sie darauf landen."

„Gut zu wissen. Dann muss ich also aufpassen, wann ich dich um was bitte. Von jetzt an warte ich, bis du dein Mittagessen beendet hast."

Ich nicke und kratze die Reste von meinem Geschirr, stelle den Teller, das Besteck und mein Glas in den Geschirrspüler, wie ich es Cooper habe tun sehen, als wir hier waren. Cooper, mit den warmen braunen Augen, dem stoppeligen Kiefer, dem Killer-Lächeln. Ganz zu schweigen seinem Kör—

Seine Mom unterbricht meinen gefährlichen Gedankengang. „Ach, erinnere Cooper doch daran, dass die Kinder am Samstag vorbeikommen, um die Fenster für Halloween zu bemalen. Das ist eine Stadttradition, dass die Kinder aus der Mittelstufe gruselige Szenen an die Schaufenster zur Main Street malen. Ein temporäres Gemälde. Im Dezember kommen sie wieder, um eine Winterszene zu malen."

„Kein Problem." Ich gehe zur Tür.

„Du bist genau die Art Frau, die ich für ihn aussuchen würde."

Ich bleibe stehen und drehe mich langsam um. „Wie bitte?"

Sie winkt das ab. „Nicht, dass ich irgendein Mitspracherecht im Liebesleben meiner Kinder habe. Aber du wärst ein gutes Gegengewicht. Typ A zu Typ B. Ganz zu schweigen davon, dass du freundlich und klug bist und Schneid hast."

„Und all das weißt du von der Planung meiner Hochzeit und einem halben Tag Arbeit mit mir?"

„Ich weiß all das von unserem ersten Beratungsgespräch. Ich kann Menschen lesen. Das macht einen zu einer guten Hochzeitsplanerin. Ich sehe die Bedürfnisse der Menschen voraus und entspreche ihnen."

„Cooper hat erwähnt, dass du eine Kupplerin bist."

Sie wirft ihre langen, rotblonden Haare über eine Schulter. „Ja, nun, ich schätze, mein Ruf eilt mir voraus. Ich liebe die Liebe. Natürlich, sonst würde ich nicht das Love Junkies betreiben. Wusstest du, dass wir auch Sologamiezeremonien anbieten? Das heißt, sich selbst zu heiraten. Es geht um Selbstliebe und Empowerment. Ally hat diesen Service vor Jahren ins Programm aufgenommen, und es gibt ihn bis heute."

Mein Verstand explodiert gleich. Ich weiß nicht, ob ich mich mehr auf das seltsame Konzept konzentrieren sollte, mich selbst zu heiraten, oder dass sie versucht, mich mit Cooper zu verkuppeln. Definitiv Letzteres.

„Cooper ist ein toller Kerl –", beginne ich.

„Ich freue mich, dass du das auch so siehst."

„Aber ich kann mich weder mit ihm noch mit irgendjemand anderem einlassen. Erst vor neun Tagen dachte ich, ich würde jemanden heiraten."

Sie seufzt. „Liebe kann so unbequem sein. Glaub mir, ich weiß das. Ich hätte nie gedacht, dass ich mich wahnsinnig in Josh verlieben würde, besonders, nachdem er mich Tag und Nacht gequält hat. Der Mann war eine Bestie."

Ich muss unwillkürlich lächeln. „Cooper hat es mir erzählt. Der legendäre Krieg."

Sie schnaubt. „Ab mit dir. Ich kann nicht glauben, dass die Leute immer noch diese dumme Geschichte über mich und Josh erzählen. Das ist doch Schnee von gestern."

„Nicht für mich." Ich gehe weg und lächle vor mich hin.

Cooper

Zu Beginn einer weiteren langen, langweiligen Montagsschicht schneide ich Limetten an der Bar, als *sie* hereinkommt. Ich konnte Rowan nicht aus dem Kopf bekommen. Ich bin ins Bett gegangen und habe an sie und diesen Kuss gedacht. Und auch beim Aufwachen habe ich an sie gedacht, auf eine viel fleischlichere Weise. Habe mich unter der Dusche darum gekümmert.

Ich lächle. „Hi!"

„Hi!" Ihre Stimme klingt schrill. Ein klassisches Zeichen von Not bei einer Frau. Und ihre Wangen sind rosa getönt. Ich bin nicht der Einzige, der an diesen Kuss denkt.

„Was kann ich dir bringen?"

Sie spricht ganz eilig. „Deine Mom braucht eine Flasche gekühlten Champagner, und du sollst nicht vergessen, dass die Kinder am Samstag kommen, um die Fenster für Halloween zu bemalen."

Ich lächle. „Klingt, als hättest du den Job angenommen."

„Ja. Und ich mache ihn Vollzeit, bis ich mir meine nächsten Schritte überlegt habe. Nicht deinetwegen." Ihre Hände flattern durch die Luft. „Ich meine, nicht, dass du das gesagt hast." Sie nimmt ihre Hände runter und hebt ihr süßes Kinn. „Nur, weil ich mir nicht sicher bin, ob ich das mit der Werbung noch machen will."

Ich beuge mich zum Weinkühlschrank hinunter und hole eine Flasche Champagner heraus. Ich habe den, den Mom für ihre Klienten will, immer hier gekühlt. „Es ist gut, dir etwas Zeit zu nehmen, um deine Optionen zu durchdenken."

Ich richte mich auf und stelle fest, dass sie sich über die Bar beugt, um mich anzusehen. Sie zuckt zurück.

„Optionen", wiederholt sie, ihre Augen sind auf meine gerichtet.

„Ja." Ich bin mir nicht sicher, ob sie sich extrem zu mir hingezogen fühlt oder wegen des Kusses gerade ausflippt. Vielleicht sollte ich was dazu sagen. Ihre Nerven beruhigen.

Ich gebe ihr die Champagnerflasche. „Gestern Abend—"

„Ist das der Richtige?" Sie untersucht das Etikett. „Hailey ist sehr genau, was ihre Klienten angeht."

„Vertrau mir, das ist der Richtige. Wir sind ihr Lieferant. Rowan, ich will nur –"

„Danke!" Sie macht auf dem Absatz kehrt und sprintet praktisch aus der Bar.

Vielleicht muss ich Schadenskontrolle betreiben.

Rowan

Alles ist cool, alles ist cool. Ich war professionell und habe meine Arbeit genau wie angewiesen erledigt. War ich vor Hitze knallrot, als ich ihn nur angesehen habe? Das spielt keine Rolle. Hat er es bemerkt? Auch egal. Ich kann ja sagen, dass das von der Anstrengung kam, weil ich auf die andere Straßenseite gejoggt bin. Was nur zur Sprache kommt, wenn ich noch einmal mit ihm reden muss, was ich nicht muss. Nicht wirklich. Es sei denn, Hailey schickt mich zu einer weiteren Besorgung.

War das ihr Kuppeln?

Ich eile über die Straße. Nein, das kann nicht sein. Ich habe selbst gesehen, dass nur eine Flasche Champagner im Kühlschrank im Ludbury House war.

Warum rast mein Herz? So außer Form bin ich nun auch wieder nicht.

Ich komme zur vorderen Veranda von Ludbury House, atme tief durch und versuche verzweifelt, mein eigenes Zen zu finden. Ich war schon immer schlecht bei Meditations- und

Atemübungen. Ich kann nicht stillsitzen und nichts tun, und vor allem kann ich meine Gedanken nicht leeren. Mein Verstand wirbelt immer darum, was als Nächstes kommt, was ich tun muss, was heute Abend ist und morgen, planen, planen, planen.

Ich gehe hinein und sehe, dass Haileys Bürotür geschlossen ist. Sie macht wahrscheinlich ihre Meditation. Ich stelle den Champagner in den Kühlschrank und öffne den Gefrierschrank. Die kalte Luft hilft mir, mich abzukühlen.

Ich wollte nicht, dass es mit Cooper unangenehm wird. Er hat den gestrigen Abend angesprochen, und ich habe die Nerven verloren. Es ist noch zu früh, um mich auf jemanden einzulassen, und sobald ich mein Leben wieder auf die Reihe gebracht habe, fahre ich zurück in die City. Ich bin nicht für das Leben in einer Kleinstadt gemacht. Alle bewegen sich hier langsamer, und es gibt einfach zu viel Freundlichkeit zu Wildfremden. Wie mir. Ich bin die Fremde.

Ich weiß, ich habe Glück, dass ich hier gelandet bin. Habe Glück, dass ich Cooper überhaupt getroffen habe. Das heißt aber nicht, dass ich bleiben werde. Ich werde meinen Lebensplan nicht für einen Typen ändern. Nicht einmal einen, der hinreißend und ein guter Küsser ist. Mein Atem beschleunigt sich.

Okay, ich flippe gerade offiziell aus.

Hailey kommt aus ihrem Büro. „Wir treffen uns in zehn Minuten mit Alexis und Lenny. Komm mit. Ich zeige dir, wie ich alles vorbereite." Sie hat zwei große Ordner dabei und geht voraus in den hinteren Teil von Ludbury House.

Ich folge ihr. „Ich habe den Champagner geholt und Cooper an die Halloween-Gemälde erinnert."

„Danke!"

Wir erreichen den Ballsaal, wo die Hochzeitsempfänge stattfinden. Er ist jetzt fast leer, mit einem runden Tisch ungefähr in der Mitte. Ein Kristalllüster funkelt darüber. Parkettböden, natürlich. Ich erinnere mich, wie ich mich hier vor einem Jahr zu meiner eigenen Hochzeitsberatung mit ihr getroffen habe. Dave war mit allem einverstanden. Wir haben wahrscheinlich wie das perfekte Brautpaar ausgesehen. Sogar ich habe das geglaubt.

Hailey setzt sich und bedeutet mir, neben ihr Platz zu nehmen. „Wirf einen Blick in den Ordner, um dich mit unseren Angeboten vertraut zu machen. Ich hole den Champagner und Gläser."

„Natürlich." Ich blättere durch den Ordner. Keine Preise. Schlau. Die Idee ist, dass man sich in eine Option verliebt. Florale Mittelstücke, Blumendekorationen, Ansteckblumen oder einfacher mit künstlichen Blumen und Luftschlangen, die den Raum schmücken. Es gibt definitiv eine A+ Option im Vergleich zu einem C. Sie bietet sogar Hilfe bei der Wahl von Hochzeitskleidern mit Empfehlungen für die besten Brautboutiquen an, einschließlich eines Unikat-Kleides, das speziell für Sie kreiert wird. Ich gestehe, ich habe zu den High-End-Optionen tendiert. Ich war überzeugt, dass es ein einmaliges Ereignis wäre, an das ich mich mein Leben lang erinnern würde. Für einige Bräute wäre es das gewesen.

Hailey kommt mit dem Champagner zurück, einem Handtuch, um ihn sauber zu öffnen, und einer Plastikdose mit Ansteckblumen. Ich erinnere mich, wie sie darauf geachtet hat, keinen Tropfen zu verschütten, als sie den Champagner für uns geöffnet hat.

„Hailey, ich habe deine letzte Rechnung für meine Hochzeit noch nicht bekommen, aber ich habe mich gefragt, ob ich sie mit jedem Gehaltsscheck abbezahlen könnte? Du musst mich nicht bezahlen, bis meine Schulden beglichen sind."

Sie lächelt freundlich. „Wir bekommen das schon hin."

„Okay." Ich bin mir nicht sicher, was das heißt.

Sie sieht auf die Uhr, kneift sich in die Wangen und erhebt sich anmutig von ihrem Stuhl. „Ich gehe nach vorn, um sie zu begrüßen. Du bleibst hier und bereitest dich mental vor. Was auch immer die Braut will, sie bekommt es."

Ich nicke.

Sie geht entschlossen zur Vorderseite von Ludbury House. Ein paar Minuten später ertönt ein Glockenspiel. Ich kann Stimmen hören, kann aber nicht verstehen, was sie sagen.

Hailey erscheint mit einem strahlenden Lächeln und führt die zukünftige Braut Alexis und ihren Verlobten Lenny herein. Ich bin nicht jemand, der schnell urteilt, aber wenn ich es wäre, würde ich sagen, dass diese Braut begeistert ist, ihre Hochzeit zu planen, und er macht einfach mit, um ihr einen Gefallen zu tun. Er sieht unbehaglich aus.

„Setzen Sie sich", sagt Hailey und deutet auf die beiden Stühle gegenüber. „Alexis, Lenny, das ist meine Assistentin, Rowan."

„Hi, schön, Sie kennenzulernen", sage ich.

Sie achten kaum auf mich und nicken nur kurz.

Hailey lächelt gut gelaunt. „Ich freue mich so, Sie beide nach unseren E-Mails und Anrufen persönlich kennenzulernen. Das ist für Sie, Alexis." Sie gibt ihr ein kleines rosa Ansteckröschen.

„Danke! Wie lieb!" Alexis steckt sich die Blumen an.

„Ich bin in meiner Mittagspause, also sollten wir weitermachen", sagt Lenny.

„Natürlich", sagt Hailey sanft. „Rowan, lass sie mit der Kuchenauswahl anfangen. Das hilft immer, sich dem Thema zu widmen. Champagner, irgendjemand?"

„Klar", sagt Alexis.

Lenny nickt.

Ich schlage den Ordner beim Kuchenabschnitt auf und drehe ihn zu ihnen um. Hailey öffnet den Champagner und gießt ein, stellt die Gläser vor das glückliche Paar.

Alexis schiebt den Ordner weg. „Ich weiß schon genau, was ich will. Eine Zeremonie im Freien und einen Empfang hier im Juni."

Hailey macht Notizen auf einem kleinen Notizblock. „Sowas haben wir schon oft gemacht. Eine wunderschöne Option."

Alexis fährt begeistert fort: „Ludbury House wird meine zweite Zeremonie sein. Ich veranstalte auch eine Zeremonie für meine Familie in der Episkopalkirche in meiner Heimatstadt Greenport. Ich will eine Pferdekutsche, die mich von der kirchlichen Zeremonie zum –"

Lenny verdreht die Augen. „Ich habe dir doch gesagt, das ist nicht machbar. Greenport ist zu weit weg von Clover Park."

„Aber das will ich."

„Das ist eine recht lange Fahrt", sagt Hailey diplomatisch. „Mit Pferden und Kutsche würde es wahrscheinlich mehr als eine Stunde dauern."

Mein Verstand schaltet ab, während sie sich streiten. Ich hatte auch romantische Ideen, als ich meine Hochzeit geplant habe. Ich war so aufgeregt. Schleierkraut mit rosafarbenen Rosen, Seidenbänder, ein Kleid wie aus einem Märchen. Alles für nichts. Liebe ist eine Illusion. Meine Kehle schließt sich vor Emotionen, und ich schaue weg, in der Hoffnung, dass niemand die Tränen bemerkt, die in meinen Augen brennen.

Alexis runzelt die Stirn und wedelt mit der Hand vor meinem Gesicht. „Hallooo? Könnten Sie Ihren Job machen und mir die Blumenoptionen zeigen? Himmel, ich dachte, hier dreht sich alles um das glückliche Paar."

Ich blinzele ein paarmal. „Tut mir leid! Ich, äh ..." Ich blicke auf den Ordner hinunter, und er schwimmt vor meinen Augen.

Hailey springt ein und blättert zum Blumenabschnitt vor. „Der Juni ist eine wunderbare Zeit für Blumen. Wir können alles bekommen, was Sie wollen."

Sie beginnen mit einer Diskussion über Blumenarrangements, während ich versuche, mich zu konzentrieren. Die Erinnerung an meine eigene Hochzeitsplanung ist zu frisch. Schweiß perlt auf meiner Oberlippe. Mir ist plötzlich unerträglich heiß, ein Klingeln in meinen Ohren. Scheiße, werde ich ohnmächtig werden? Ich muss hier raus, aber ich kann Hailey nicht im Stich lassen.

Haileys Hand landet auf meinem Arm. „Könntest du mir ein Glas Wasser bringen? Nimm dir auch eins."

Ich nicke und gehe schnell aus dem Raum, erleichtert, mich nicht in Verlegenheit gebracht zu haben, indem ich ohnmächtig wurde. Ich halte meine Haare hoch und ziehe mit der anderen Hand mein Oberteil vom Körper, um mich abzukühlen.

Sobald ich in der Küche bin, halte ich meine Handgelenke unter kaltes Wasser und tupfe mit einem nassen Papiertuch meinen Nacken und meine Stirn ab. Ich gieße zwei Gläser Wasser ein und kippe eins gleich runter. Ich muss zurück. Hailey wird mich für die schlimmste Assistentin der Welt halten, wenn ich nicht einmal eine Kundenberatung durchstehen kann. Das ist die Grundlage ihres gesamten Geschäfts.

Ich gehe zurück, stelle Haileys Wasser für sie ab und setze mich auf meinen Platz.

Hailey sieht mit ihrem messerscharfen Momblick nach mir. „Danke!" Sie dreht sich zu Alexis um. „Wovon haben Sie sonst noch für Ihren besonderen Tag geträumt?"

„Ein weites gebauschtes Prinzessinnenkleid mit einer langen Schleppe, eine große Hochzeitsfeier, und am Ende werden wir Schmetterlinge fliegenlassen."

Lenny bricht in Lachen aus. „Schmetterlinge! Wirklich? Und wie viel wird das kosten? Die fliegen draußen doch schon umsonst herum. Ich sage, wir sollten es schlicht und billig halten."

„Hätten Sie gern eine Cocktailstunde vor dem Essen?", fragt Hailey und blättert im Ordner um.

Lenny verzieht das Gesicht. „Ich liebe dich, Babe, aber ich habe Besseres zu tun. Bleib in unserem Budget, oder wir machen das in Vegas, wie ich es ohnehin wollte." Er steht auf und geht.

Alexis bricht in Tränen aus. Mein Herz stolpert. Ich fühle so mit ihr mit. Sie ist ganz dabei, er nicht. Und kaum, dass man sich's versieht, wird man an seinem Hochzeitstag sitzengelassen. Galle steigt in meinem Hals auf. Ich schaue an die Decke und versuche verzweifelt, mich unter Kontrolle zu bringen.

Hailey spricht in einem beruhigenden Ton zu Alexis. „Jedes Paar hat am Anfang einen holprigen Weg. Eine Hochzeit kann sich wie eine Herausforderung anfühlen. Ich bin hier, um es für Sie leichter zu machen. Kommen wir zurück zu den Blumen für draußen. Ich persönlich denke, dass die Rosen an dem Spalier, das wir haben, auf Hochzeitsfotos fantastisch aussehen würden, aber es gibt auch noch andere Optionen."

Alexis sieht sich den Ordner an und dann wieder zu mir. „Ihre Assistentin sieht krank aus. Ich hoffe, es ist nichts Ansteckendes."

Ich konzentriere mich auf das Atmen, in der Hoffnung, dass die Übelkeit vorübergeht.

Hailey dreht sich zu mir um. „Rowan, geh in mein Büro und leg dich ein bisschen hin. Ich werde später nach dir sehen."

Ich stehe auf und gehe und frage mich, was um alles in der Welt ich eigentlich hier mache. Und warum habe ich mich gerade für eine volle Stelle verpflichtet?

Da es in Haileys Büro kein Sofa gibt, sitze ich auf dem gepolsterten Bürostuhl und lege meinen Kopf in die Hände, schließe die Augen und atme langsam tief durch. Ich möchte Hailey wirklich nicht enttäuschen, indem ich nicht zur Verfügung stehe. Ich muss eine emotionale Distanz zwischen mir und den glücklichen Bräuten, die hier reinkommen, wahren. Hailey hat ein Geschäft zu führen.

Eine Stunde später kommt Hailey rein und schließt die Tür hinter sich. „Wie geht's dir?"

Ich lächle. „Gut. Ich brauchte nur eine Verschnaufpause."

„Hör zu, Rowan, wenn du das nächste Mal lieber nicht dabei sein möchtest –"

„Mir geht's gut. Ich möchte helfen."

„Ich bin mir nicht sicher, ob das die beste Idee ist."

„Ich will mich beschäftigen. Das ist gut für mich."

„Okay, wir versuchen es noch einmal, aber wenn du noch eine Verschnaufpause brauchst, steh einfach auf und geh. Ich verstehe das."

Ich nicke.

Der Signalton ertönt. Sie dreht sich zur Tür. „Sie sind früh dran. Bereit?"

„Bereit."

Ich eile zurück zum Tisch im Ballsaal, während Hailey zur Eingangstür geht, um sie reinzulassen.

Unser nächstes Paar ist eines, von dem ich schwören könnte, dass sie Bruder und Schwester sind. Tom und Tara haben das gleiche dunkelbraune Haar, blaue Augen, beide sind groß und dünn, haben hohe Wangenknochen und volle Lippen. Sie beenden die Sätze des anderen. Es ist so bizarr, dass ich sprachlos bin.

„Was auch immer du willst, Pookiebär", sagt Tom.

„Teddybär, ich will, was du willst", sagt Tara.

„Ich liebe dich", sagt Tom und reibt seine Nase an ihrer.

„Ich liebe dich mehr", sagt Tara.

„Nein, ich liebe ich mehr."

„Und ich liebe dich am meisten."

Nach zwanzig Minuten haben sie nichts entschieden. Ich blättere im Ordner um und zeige auf eine traditionelle weiße Hochzeitstorte mit einem Topper. „Wie wäre das?"

„Ich dachte an –" beginnt Tara.

„Tiramisu", beenden Tom und Tara den Satz unisono.

„Jinx!", sagt Tara. „Du schuldest mir einen Kuss."

Tom nimmt ihr Gesicht in beide Hände und gibt ihr einen zarten Kuss. Mein Magen dreht sich langsam. Sie sind so verliebt. War ich jemals so verliebt? Dave hat mich nie geliebt. Nicht wirklich. Wenn er es getan hätte, wären wir verheiratet. Stattdessen ist er jetzt bei Sheila und ihren Lamas.

Als sie endlich Luft holen, sagt Hailey strahlend: „Es ist erfrischend, ein so glückliches Paar zu treffen. Möchten Sie Ihre Hochzeit hier oder in einer Kirche veranstalten? Wir können beides arrangieren."

„Hier wäre gut", sagt Tara.

„Ja", sagt Tom. „Solange Sie einen Priester und einen Rabbiner unterbringen können."

„Absolut", sagt Hailey. „Wir hatten viele interkonfessionelle Zeremonien. Lassen Sie mich einige Termine für Sie raussuchen."

„Wir wollen den Weihnachtstag", sagt Tom. „Das ist der Jahrestag von unserem ersten Date. Wir haben uns bei der Weihnachtsfeier eines Freundes kennengelernt."

„An Weihnachten haben wir geschlossen", sage ich. „Stimmt's, Hailey?"

„Das haben wir. Darf ich einen Tag bei warmem Wetter vorschlagen?"

„In der Sonne bekomme ich Sommersprossen", sagt Tara.

„Deine Sommersprossen sind wunderschön", sagt Tom.

„Wirklich? Hast du in letzter Zeit mal meinen Hals gesehen?"

Er schmiegt sich an ihren Hals, und sie quietscht.

Ich sehe weg. Ihr Glück hat nichts mit mir zu tun. Das hier ist ein Geschäft. Ich sollte mich nicht schlecht fühlen, dass ich nie diese absolute Anbetung hatte.

„Wie wär's mit Ostersonntag?", fragt Tara. „Ich liebe Schokoladenhasen. Wir können den Raum mit Schokoladenhasen dekorieren und Ostereier verstecken."

Tom schenkt Tara ein sanftes Lächeln. „Meine Familie ist vielleicht nicht unbedingt begeistert von der Ostersymbolik, Pookiebär. Wie wär's mit Purim?"

„Was ist Purim noch gleich?", fragt Tara.

„Wie wäre es, wenn wir Feiertage einfach ganz vermeiden?", frage ich. „Sie könnten eine schöne Hochzeit im Frühling oder Sommer an einem beliebigen Samstag feiern."

Ich sehe Hailey an. Sie sieht nicht glücklich aus.

„Beliebig?", fragt Tom. „Es ist, als ob Sie glauben, dass das Datum nichts bedeutet."

„Es sollte unser besonderer Tag sein", sagt Tara. „Bedeutsam für uns." Sie dreht sich zu Hailey um. „Ich dachte, Sie sagten, dass hier die Bedürfnisse der Kunden an erster Stelle stehen."

„Das tun sie!", ruft Hailey.

„Sie klingen verbittert", sagt Tom zu mir. „Ist Ihre eigene Hochzeit nicht wie geplant gelaufen?"

Mein Gesicht wird heiß.

„Sie ist Single", sagt Tara. „Sieh dir ihren Finger an."

„Und ich verstehe auch, warum", sagt er leise.

Sie kichert.

Ich bin auf halbem Weg zwischen Scham und Wut. Die Scham gewinnt, Übelkeit brodelt in meinem Magen. Ich springe von meinem Platz und eile zur Toilette.

Ich spritze mir kaltes Wasser ins Gesicht, die Übelkeit vergeht. Ich nehme mir ein Papiertuch, tupfe mein Gesicht trocken und starre mich im Spiegel an. Ich glaube, ich kann diesen Job nicht machen. Es ist zu viel, diese liebestollen Paare zu sehen, die sich um Details streiten. Nichts davon ist wichtig. Es sollte doch um die Liebe gehen.

Eine Träne entwischt mir. Ich habe Hailey wieder im Stich gelassen, nach allem, was sie für mich getan hat. Ich kann es mir nicht leisten, diesen Job zu verlieren. Erstens schulde ich ihr was für meine eigene Hochzeit. Zweitens wird mir niemand die Flexibilität bieten, die Hailey versprochen hat, damit ich mein eigenes Leben wieder auf die Reihe bringen kann. Ich würde so gern helfen. Sie ist ein wirklich netter Mensch; ihre ganze Familie auch. Ich möchte niemanden im Besonderen herausstellen. Ich meine ja nur. Gute Leute.

Ich lege meine Stirn gegen die kühle Wand und versuche nachzudenken. Kann ich da wieder reingehen? Wird Hailey mich rausschmeißen?

Vielleicht bleibe ich einfach für immer in diesem Toilettenraum. Ich sinke zu Boden, ziehe meine Knie an und schlinge die Arme darum. Ich lege den Kopf auf meinen Arm, erschöpft vom emotionalen Aufruhr.

Ich weiß nicht, wie viel Zeit vergangen ist, als es an der Tür klopft. Ich hebe den Kopf.

„Rowan?", fragt Hailey. „Darf ich reinkommen?"

Ich stehe auf und öffne die Tür. Sie sieht mich mitleidig an, nimmt meine Hand und zieht mich in den Flur.

„Tut mir leid", sage ich.

Sie drückt meinen Arm. „Nichts, wofür du dich entschuldigen musst. Es ist noch zu früh für dich, um Klienten zu treffen. *Mir* tut es leid, dass ich dir das zugemutet habe. Ich bin mir sicher, dass es viele unangenehme Erinnerungen zurückbringt."

Ich nicke, meine Augen brennen.

Sie legt einen Arm um meine Schultern und bringt mich zu ihrem Büro. „Du wirst mich einfach im Büro unterstützen, okay? Lass uns mit der Buchhaltungssoftware beginnen."

„Sind Tara und Tom gegangen?"

„Ja, wir waren fertig. Du warst ziemlich lang auf der Toilette."

„Ich war mir nicht sicher, ob ich ihnen wieder gegenübertreten könnte, und ich hatte Angst, dass du mich feuern würdest."

Sie bleibt stehen, legt ihre Hände auf meine Schultern und sieht mir in die Augen. „Du hattest einen holprigen ersten Tag, aber ich bin mir sicher, dass du in vielen anderen Bereichen eine große Hilfe sein kannst."

„Danke für die zweite Chance."

Sie umarmt mich, und ich entspanne mich, umhüllt von ihrer mütterlichen Fürsorge. „Überhaupt kein Problem."

Ich setze mich an meinen Schreibtisch, melde mich bei der Buchhaltungssoftware an und lerne gern, wie ich auf eine Art und Weise helfen kann, in der ich gut bin.

Die Liebe ist nicht in meiner Zukunft, aber wenigstens kann ich mich auf die Arbeit konzentrieren.

8

———

Ich komme am nächsten Tag gut gelaunt und früh zum Ludbury House. Heute werde ich die ultimative Assistentin sein.

„Guten Morgen!", sagt Hailey mit einem sonnigen Lächeln, als sie den vorderen Weg hinaufgeht. „Sieht aus, als wärst du genauso ein früherer Vogel wie ich. Ich bin bei Sonnenaufgang wach und habe mein Workout bereits absolviert."

„Guten Morgen! Ich freue mich auf alles, was ich für dich tun soll." Ich überlege, ob ich mich noch einmal für meine gestrige Kernschmelze entschuldigen soll, entscheide aber, dass es besser ist, sie nicht daran zu erinnern.

Sie gibt den Sicherheitscode auf einer Tastatur in der Nähe der Tür ein, um die Alarmanlage zu deaktivieren, entriegelt die Tür mit einem Schlüssel und geht hinein.

Ich folge ihr.

Sie öffnet die Tür zu ihrem Büro. „Heute musst du bitte alle Rechnungen in das Buchführungssystem eintragen. Dann sprechen wir über das Marketing, um das Geschäft in Gang zu halten. Klingt das gut?"

„Absolut!"

Sie geht zu ihrem Schreibtisch und fährt ihren Laptop hoch. Dann geht sie zu Allys altem Laptop, schaltet auch ihn ein, meldet sich an und klickt über die Einstellungen. Sie richtet ihn für ein neues Passwort ein, das ich eingeben kann.

„Da. Jetzt kannst du den Laptop mit dem Passwort deiner Wahl entsperren. Lass mich nur wissen, was es ist. Such eins aus, das man sich gut merken kann."

Ich tippe, während ich spreche. „Secondchance26."

„Bist du sechsundzwanzig?"

„Ja. Schätze, es ist nicht so originell."

„Es ist großartig. Und ich mag den Optimismus. Du gibst dem Glück eine zweite Chance. Du wirst im Nullkommanichts in Topform sein."

Meine Brauen ziehen sich zusammen. Ich hatte nicht das Glück gemeint. Ich meinte, dass Hailey mir eine zweite Chance gibt. Na gut, ich will sie ja nicht ständig daran erinnern, wie sehr ich es gestern verbockt habe und eine zweite Chance brauche. Ich übernehme einfach ihre optimistischere Einstellung.

Sie lässt einen prall gefüllten Ordner auf meinen Schreibtisch fallen. „Hier sind die Rechnungen und Belege. Ich drucke immer alles aus. Öffne die Buchhaltungssoftware, und ich zeige dir, wie du sie eingeben musst. Ich bin zwei Wochen hinter der Rechnungsstellung hinterher. Einige davon sind bereits bezahlt, aber nicht in das System eingetragen. Einige sind noch offen."

Wie meine Rechnung. Ich schaudere, wenn ich daran denke, wie hoch sie ist. Wir haben fünfundzwanzig Prozent angezahlt. Ich habe die Kosten bei der Planung ignoriert. Natürlich hatte ich auch nicht gedacht, dass mein Geschäft bei null anfangen würde.

Ich klicke, um die Software zu öffnen. „Ich habe das Tutorial gestern gemacht, also bin ich damit vertraut."

Sie lächelt. „Großartig! Ich zeige dir einfach, wie wir es hier machen, und dann kannst du loslegen."

Ich mache sorgfältig Notizen, während sie mir zeigt, wie man die einzelnen Daten eingibt. Ich darf das nicht auch noch vermasseln.

„Verstanden?", fragt sie.

„Ja. Du kannst dich auf mich verlassen."

„Ich bin mir sicher, dass ich das kann. Ich erwarte, dass du den ganzen Morgen dafür brauchst. Nach dem Mittagessen werde ich das laufende Marketing durchgehen. Ich möchte, dass es Weihnachten, Neujahr und am Valentinstag, wenn so viele Paare sich verloben, draußen ist."

„Natürlich. Ich kenne die Werbewelt gut."

Sie lächelt und geht wieder an ihren Tisch. „Ich treffe mich heute zum Mittagessen mit einer Freundin. Ich habe Cooper gebeten, vorbeizuschauen und dir was zum Essen zu bringen."

Meine Nackenhaare stellen sich auf. Kuppleralarm!

„Oh, das ist doch nicht nötig."

„Hast du heute Mittagessen dabei?"

„Nein, aber –"

„Du musst doch was essen." Sie setzt ein Telefon-Headset auf und tätigt einen Anruf. „Hi, Hailey Campbell hier von Love Junkies. Wie geht's Ihnen?"

Ich senke den Kopf und mache meine Arbeit. Ich möchte Cooper nicht aufhalten. Er arbeitet wahrscheinlich, und seine Mom hat ihn *gezwungen*, mir beim Mittagessen zu helfen. Ich kann einfach zu MacKenzie gehen und mir ein Sandwich machen. Ich habe Erdnussbutter und Gelee gekauft, was lange halten sollte. Ich muss mir merken, mir jeden Tag Sandwiches zur Arbeit mitzunehmen.

Es dauert zwei Stunden, aber dann habe ich alles im System. „Ich bin fertig", verkünde ich.

„Okay, ich schaue es mir an, und dann, wenn ich das Okay gebe, kannst du die Papiere schreddern."

„Es wäre effizienter, alle per E-Mail versandten Rechnungen und Belege in einem freigegebenen Ordner auf dem Computer zu speichern, dann kann ich sie von dort aus eingeben. Elektronische Aufzeichnungen sind genauso gut und besser für die Umwelt."

„Sieh sich das mal einer an, wie du bereits das Büro und die Umwelt verbesserst! Ich bin wohl immer noch oldschool mit dem ganzen Papierkram. Okay, wir versuchen es von jetzt an auf deine Weise, aber ich möchte die Papiere von alten Sachen behalten."

Ich lächle. Sehen Sie, ich bewähre mich schon. „Kann ich dein Marketingmaterial sehen?"

„Ja. Etwas davon ist auf deinem Computer, anderes auf meinem und in dem Aktenschrank hinter dir."

Ich drehe mich hinter mir zu einem hohen Aktenschrank aus Holz um und wühle durch zwei Schubladen voller Werbung, Fotos und Dokumente. Whoa. „Benutzt du all dieses Zeug?"

„Wir rotieren. Ich bewahre die Akten gern auf, damit wir der Saison entsprechend aussuchen können."

„Aber die Jahreszeiten sind nicht etikettiert."

„Es ist nach der Häufigkeit sortiert, wie oft ich welche Art von Anzeige verwende. Ein Relevanzsystem." Sie drückt einen Knopf an ihrem Headset. „Hallo, Hailey Campbell, Love Junkies, wie kann ich Ihnen helfen?"

Ich sollte für neue Klienten ans Telefon gehen, oder? Sie wird ständig unterbrochen. Andererseits habe ich mich nicht so gut im Umgang mit den Klienten angestellt. Ich bleibe dabei, die beste verdammte Helferin hinter den Kulissen zu sein, die sie sich je wünschen könnte.

Cooper

Wie gewünscht betrete ich Ludbury House mit einem Cobb-Salat für Rowan. Mom sagt, sie macht sich großartig, und sie ist eine wunderbare Frau. Ich glaube, den letzten Teil hat sie mir zuliebe hinzugefügt. Wie immer hofft Mom auf eine Liebesbeziehung. Ich denke eher an was Lockeres.

Ich gehe die Stufen zum Ludbury House hinauf und drücke die Klingel. Ich kann durch die Glasscheibe neben der Tür sehen, sobald Rowan im Foyer erscheint. Sie glättet ihr braunes Haar zurück und zupft den Rock zurecht, als wäre sie nervös. Ich frage mich, ob sie genauso viel an diesen Kuss gedacht hat wie ich.

Sie öffnet die Tür. „Hi! Du musstest dir wirklich keine Auszeit von der Arbeit nehmen, um mir ein Mittagessen zu bringen."

Ich reiche ihr die Tüte. „Gern geschehen."

„Tut mir leid! Danke! Ich fühle mich nur schlecht, dass deine Mom dich gezwungen hat, mir das Mittagessen zu bringen."

„Mom hat mich schon lange nicht mehr zu irgendwas gezwungen."

„Richtig. Ha! Natürlich. Du bist ein erwachsener Mann."

„Sie hat mir deine Bestellung genannt, und ich habe mich freiwillig gemeldet, sie dir zu bringen. Da ist auch ein Sandwich für mich drin. Was dagegen, wenn ich mich dir anschließe?"

Sie macht einen Schritt zurück. „Natürlich nicht. Ich bin allein hier."

„Ich weiß. Mom isst mit meiner Tante Madison zu Mittag. Sie sind wie Öl und Wasser, aber beste Freundinnen."

„Cool."

Ich gehe hinein und schließe die Tür hinter mir. Sie geht in die Küche. Sie sieht schick aus in einem Pullover mit V-Ausschnitt und einem Rock, der sich an ihre Kurven anschmiegt. So sexy.

Wir gehen in die Küche, und sie packt die Tüte aus. Ich hole Wassergläser, Servietten und eine Gabel für sie.

Sobald wir uns am Tisch niedergelassen haben, öffnet sie ihre Schachtel. „Oh, Cobb-Salat! Das ist nett."

Ich nehme mein Roastbeef-Sandwich raus. „Ist es nicht das, was du bestellt hast?"

„Eigentlich hat deine Mom für mich bestellt. Ich dachte, dass sie uns vielleicht verkuppeln will."

„Sie ist nur aufmerksam." *Auf jeden Fall will sie uns verkuppeln.* Ich muss mich wohl mal mit ihr unterhalten. Ich will nicht, dass Mom sich Hoffnungen macht, Rowan könnte die Eine sein. Mom ist groß darin, die Eine zu treffen. Wenn ich wüsste, dass Rowan hierbleiben will, wenn Rowan nicht gerade bei ihrer Hochzeit sitzen gelassen worden wäre und wenn ich mir nicht vorher die Finger an Brianna verbrannt hätte, dann könnte ich vielleicht für mehr offen sein. Aber all diese Dinge sind passiert, und hier sind wir also. Freunde, die sich einmal geküsst haben.

Wir machen uns über das Mittagessen her.

Sie wirft mir ein kleines Lächeln zu. „Das ist gut."

„Freut mich, das zu hören."

„Kann ich ein paar von deinen Chips haben?"

Ich schiebe ihr meine Packung entgegen. „Du bist also nicht so eine Gesundheitsfanatikerin wie Mom."

„Ich will ja gesund essen, aber es ist einfach so langweilig."

Ich lache. „Also, wie läuft es hier?"

„Ach, Cooper, das ist mir so peinlich."

„Warum?"

Dann erzählt sie mir, wie sie gestern beide Hochzeitsberatungen verpatzt und befürchtet hat, sie würde nach nur einem Tag gefeuert werden.

„Die ersten Tage können hart sein", sage ich. „Du musst dich ja noch an alles gewöhnen."

„Deine Mom hat mich für die Arbeit hinter den Kulissen dauerhaft ins Büro gesteckt."

Ich schüttle den Kopf und lächle. „Ich bin mir sicher, dass sie dich wegen guter Führung auch rauslässt."

„Ich war wohl noch nicht bereit, die ganze Brautsache noch einmal zu erleben."

„Da kann ich dir keinen Vorwurf machen."

Sie macht sich wieder an ihr Mittagessen, also tue ich das Gleiche. Nach einer Weile sagt sie: „Ich schulde deiner Mom meine Hochzeitsrechnung. Es sind Tausende, also schätze ich, werde ich hierbleiben und meine Schulden abarbeiten."

„Bei dir hört es sich an, als würdest du hier festsitzen. Ich bin mir sicher, dass ihr einen Zahlungsplan ausarbeiten könnt. Sie will, dass du wieder auf die Beine kommst. Deshalb hat sie dir einen flexiblen Job angeboten."

„Hast du ihr alle Details erzählt?"

„Ja. Vor dem Sonntagsessen."

Sie runzelt die Stirn. „Wie vielen anderen hast du noch davon erzählt?"

Ich halte eine Hand hoch. „Nur ihr und nur, weil ich wusste, dass sie dir helfen kann. Sie ist so gut in der Stadt und Umgebung vernetzt. Ich wusste nicht, dass sie dir anbieten würde, dich bei ihr wohnen zu lassen, und dir einen Job geben würde. Das war sie selbst."

„Ich will nicht, dass die Tatsache die Runde macht, dass mich der Mann, den ich heiraten wollte, verarscht hat."

„Sie wird kein Wort sagen, und ich auch nicht. Du kannst darauf zählen, dass MacKenzie und Harper auch diskret sind. Harper könnte zu deiner Verteidigung eilen, aber wenn du sie bittest, nichts zu sagen, wird sie es nicht tun."

„Wow! Ich schätze, es ist nicht mehr wirklich ein Geheimnis."

„Einige wenige Auserwählte wissen Bescheid. Vermisst du die City?"

„Ja, das tue ich. Ich fühle mich hier wie ein Fisch auf dem Trockenen. Scheint, als ob jeder jeden kennt. Das Tempo ist langsamer." Sie lächelt. „Ich muss mich auch immer noch daran gewöhnen, wie freundlich jeder ist. Warum kann man mit dir so leicht reden?"

Ich grinse. „Schätze, das liegt daran, dass ich an der Bar so viel zuhöre. Junge, können die Leute reden, wenn sie ein paar Drinks intus haben."

„Da bin ich mir sicher."

„Und ich will dir zuhören."

Sie legt ihre Hand an den Hals. „Ich möchte nicht, dass du einen falschen Eindruck bekommst. Neulich, die Sache, die da passiert ist –"

„Du hast mich geküsst."

„Nein, du hast mich geküsst."

„Das habe ich anders in Erinnerung."

Ihre Brauen ziehen sich zusammen. „Ich weiß nicht, wie das passiert ist, aber es war ein Fehler."

„Du hast mich aus Versehen geküsst?"

„Nein, umgekehrt. Was auch immer. Es war ein Fehler."

Ich sehe ihr in die Augen. „Es ist schwer zu leugnen, dass da was zwischen uns ist. Chemie, eine Verbindung."

Sie winkt das ab. „Es spielt keine Rolle, was da ist oder nicht ist. Vielleicht fühle ich mich im Moment nur verzweifelt allein, aber es ist nichts, was ich weiterverfolgen möchte. Cooper, ich bin ein Wrack im Inneren."

„Ich werde vorsichtig sein."

„Du wirst … das ist es nicht …" Sie verschränkt die Arme. „Wir sind Freunde. Ende der Geschichte."

„Okay." Streite nie mit einer Frau, die ihre Fersen eingräbt. Das habe ich aus erster Hand in früheren Beziehungen erlebt. Ganz zu schweigen von allen weiblichen Familienmitgliedern. Viele starke, rechthaberische Frauen in meiner Familie.

Sie öffnet ihre verschränkten Arme. „Okay?"

„Ja. Freunde." Ich beende mein Sandwich mit wenigen Bissen. „Möchtest du noch mehr Chips?"

„Nein, danke."

Ich esse auch die Chips leer, nehme den Müll und werfe ihn in den Mülleimer in der Ecke. Ich kann ihren Blick auf mir spüren. Sie weiß nicht, was sie von meiner beiläufigen Akzeptanz der Freundschaftssituation halten soll.

Ich kehre zum Tisch zurück und trinke mein Wasser aus. „War schön, dich zu sehen, Rowan. Ich hoffe, dein zweiter Tag läuft besser als dein erster."

Sie steht auf. „Oh, ähm, danke dir."

„Bye."

Ich gehe hinaus. Ich schaffe es bis ins Foyer, bevor ich Schritte hinter mir höre.

„Warte!", ruft sie.

Ich drehe mich um und verkneife mir ein Lächeln. *Sie will mich.* „Ja?"

„Danke für das Mittagessen. Es war schön, nicht allein zu essen."

„Jederzeit. Ich arbeite normalerweise auf der anderen Straßenseite, aber mittwochs und sonntags hab' ich frei. Das ist mein Wochenende." Ich strecke meine Hand aus. „Gib mir dein Handy, dann speichere ich meine Nummer."

Sie geht ins Büro, um es zu holen. Ich folge ihr und kollidiere fast mit ihr in der Tür, als sie zurückstürzt. Sie schlägt mir eine Hand auf die Brust, lässt sie aber schnell wieder fallen. Ihre Augen treffen meine, und sie benetzt ihre Lippen. Mein Puls steigt. *Ich will sie auch. So sehr.*

„Tut mir leid, dass ich dir auf die Brust geschlagen habe", sagt sie und gibt mir ihr Handy. „Ich hatte nicht erwartet, so mit dir zusammenzustoßen."

Ich gebe meine Nummer ein. „Kein Problem. Weißt du, die City ist nur eine Stunde und fünfzehn Minuten mit dem Zug entfernt. Sie ist nicht für immer für dich verloren."

Sie lacht. „Ja. Manchmal habe ich das Gefühl, als wäre ich in eine andere Welt gefallen. Du hast recht."

Ich gebe ihr das Handy zurück, und unsere Finger streifen einander. Wärme schießt meinen Arm hinauf. Definitiv ist da Chemie.

Sie schiebt sich die Haare hinters Ohr. „Danke!"

„Als Kind sind unsere Eltern mit uns in die City gefahren, um das American Museum of Natural History zu besuchen. Das Planetarium hatte es mir wirklich angetan."

Sie lehnt sich aufgeregt vor. „Das Hayden Planetarium ist fantastisch!"

„Ich würde es gern eines Tages wiedersehen." Ich mache einen Schritt zurück. „Also, ich sollte mich wohl besser wieder an die Arbeit machen."

Sie winkt. „Sicher. Bye!"

„Bye." Ich stoße die Tür auf.

„Wir könnten als Freunde wohin fahren!", ruft sie. „Zum Beispiel ins Hayden Planetarium, weil es dir so gut gefällt."

Ich drehe mich in der Tür um. „Dann ist das ein Date."

Sie neigt den Kopf. „Ha-ha. Ich sollte mich auch besser wieder an die Arbeit machen." Sie eilt ins Büro.

Sehen Sie, was ich gemacht habe? *Cooler Move, Cooper.*

9
———

Rowan

Bis Freitag habe ich mich an die Abläufe bei Love Junkies gewöhnt, mache mich an Haileys Winter-Marketing-Kampagne und arbeite auch am Online-Marketing, um etwas Aufsehen zu erregen. Ich habe sogar Social-Media-Konten für Love Junkies angelegt. Sie hatten nur eine Geschäftsseite auf einem der Social-Media-Kanäle, die sie aber nie aktualisiert haben. Ich kann nicht glauben, dass ich die Stimme hinter einem Unternehmen bin, das Love Junkies heißt, wenn man bedenkt, dass ich so weit es nur geht von einem Love Junkie entfernt bin. Ich bin jetzt unerschütterlich gegen die Liebe eingestellt wie MacKenzie. Ich war nie sehr romantisch, und Dave hat das letzte bisschen, was an Romantik noch in mir übrig war, getötet.

Hailey kommt am Ende des Tages bei mir vorbei, nachdem drei Beratungsgespräche abgeschlossen sind. „Wie läuft es hier?"

„Großartig! Ich habe ein paar günstige Online-Anzeigen für dich eingerichtet, wie wir es besprochen haben. Es könnte sinnvoll sein, den Blog auf deiner Website mit relevanten Keywords zu aktualisieren. Dann erscheinst du bei Suchen weiter vorn. Vielleicht bekommst du sogar kostenlose Werbung mit deinen Beiträgen."

Sie zeigt auf mich. „Klingt nach einem tollen Job für meine Assistentin."

„Aber ich weißt nichts über Brautartikel."

„Ich gebe dir ein paar Ideen, und du machst was draus. Ich vertraue dir."

„Ich weiß dieses Vertrauen wirklich zu schätzen, aber –"

„Wusstest du, dass das letzte Paar erwähnt hat, dass es uns auf allen Social-Media-Plattformen gefolgt ist? Ich hab' nachgesehen, und wir haben bereits Hunderte von Followern. Wie hast du das gemacht?"

„Ich habe Bilder, die du in den Ordnern für deine Marketingkampagne hast, mit lustigen Untertiteln gepostet. Ich habe auch beliebte Hashtags gefunden und sie wohl damit geködert."

Sie stemmt eine Hand in die Hüfte. „Bist du nicht einfach wundervoll? Ich bin so froh, dass ich dich engagiert habe!" Sie geht an ihre Schublade und zieht einen Umschlag heraus. „Hier ist dein erster Gehaltsscheck für diese Woche."

Ich gehe hinüber und nehme ihn. „Danke, aber ich dachte, ich würde meine Schulden abbezahlen."

Sie wirft mir ein kleines Lächeln zu. „Was das angeht. Ich werde mein persönliches Honorar von deiner Hochzeit abziehen. Und wir werden einen Zahlungsplan ausarbeiten, okay? Rechne das durch und zahl mir zurück, was du dir leisten kannst. Ich möchte, dass du anfängst, deine Ersparnisse wieder aufzubauen. Ich weiß, dass du das brauchst, um weitermachen zu können."

„Klar." Weitermachen. Genau wie ich es die ganze Zeit geplant habe. Zurück in die City und mein altes Leben.

Aber will ich das? In Clover Park fühle ich mich eigentlich wohler und bin so entspannt wie lange nicht. Es ist eine wunderschöne Stadt mit wunderbaren Menschen. Es gibt nicht viel zu tun, aber ich baue wirklich Verbindungen zu Menschen auf, wie ich das in der City nicht gemacht habe. Wir waren alle zu beschäftigt.

Ich habe noch nicht einmal versucht, neue Geschäftsmöglichkeiten für meine Werbeagentur zu finden. Ich brauche nur eine Verschnaufpause, bevor ich die harten Entscheidungen treffe, zum Beispiel, ob ich die Karriere aufgeben soll, die ich seit Jahren aufgebaut habe, und was anderes finden, das für mich funktioniert. Clover Park ist meine Verschnaufpause, während ich auf die Anzahlung für die Eigentumswohnung warte und darauf, dass mein Fall vor Gericht gehört wird. Ich denke, ich könnte damit anfangen, mich nach neuen Karrieremöglichkeiten umzusehen und zu sehen, ob mich was davon anspricht.

Hailey zieht eine Strickjacke an und holt ihre Tasche aus der Schreibtischschublade. „Wir sehen uns morgen früh zu den Vorbereitungen für die Rothchild-Smith-Hochzeit. Bis mittags solltest du fertig sein."

„Ja." Ich hole meine Handtasche und meine Jacke und folge ihr hinaus. Sie schließt ab und stellt den Alarm ein.

„Irgendwelche Pläne dieses Wochenende?", fragt sie.

„Außer herauszufinden, was ich mit meinem Leben machen will? Nein."

„Vielleicht wissen MacKenzie und Harper irgendwas Lustiges, das ihr gemeinsam unternehmen könnt. Und du bist zum Sonntagsessen mit der Familie herzlich eingeladen."

„Zum Abendessen werde ich kommen, danke", sage ich.

Sie drückt meinen Arm. „Hab einen schönen Abend!" Sie geht zum hinteren Parkplatz zu ihrem Auto.

Ich stehe noch einen Moment lang auf der Veranda und genieße die frische Herbstbrise und die Farbenpracht der Bäume. Eines Tages werde ich zurückblicken und es als Geschenk ansehen. Ein Neuanfang in ein Leben meiner Wahl.

Ich gehe über die Straße, und mein Blick fällt auf das Happy Endings Barschild. Cooper arbeitet wahrscheinlich heute Abend. Nein. Ich werde nicht da vorbeischauen. Ich muss nach Hause gehen und mir was einfallen lassen. Ich werfe einen Blick auf meinen Gehaltsscheck. Nach Abzug der Steuern ist es ... ein Anfang. Ich werde einen Zahlungsplan ausarbeiten und ihn am Montag mit Hailey besprechen.

Ich gehe den Block hinunter zu MacKenzies und Harpers Haus. Mein Telefon meldet sich mit einer Nachricht.

Cooper: *Hayden Planetarium am Sonntag? Ein Freund hat mir erzählt, es sei fantastisch.*

Ich merke, dass ich lächele. Ich bin dieser Freund. Ich schreibe zurück: *Okay, aber ich muss rechtzeitig zum Sonntagsessen mit der Familie zurück sein.*

Cooper: *Oder wir könnten in der City einen Happen essen.*

Locker. Es hört sich wirklich so an, als könnte das als Freunde funktionieren. Andererseits habe ich Haileys Einladung bereits angenommen.

Ich: *Wir fahren früh und kommen rechtzeitig zum Abendessen zurück.*

Cooper: *Wie früh?*

Ich: *Dazu melde ich mich nochmal bei dir.*

Cooper: *Komm heute Abend auf einen Drink vorbei. Geht aufs Haus.*

Ich schüttle den Kopf. Ein Drink kann zu so viel mehr führen. Den Weg werde ich sicherlich nicht einschlagen.

Ich schreibe zurück: *Danke, aber ich muss mir eine Menge Sachen durch den Kopf gehen lassen.*

Ein paar Minuten später schließe ich die Haustür auf. Es ist so still. Felix taucht auf und windet sich um mein Bein. Ich bücke mich, um ihn zu streicheln, und er stellt sich auf seine Hinterbeine, um sich gegen mein Bein zu strecken, sein Kopf neigt sich für mehr.

„Hallo?", rufe ich.

Ich hänge meine Jacke und Handtasche an einen Haken an der Tür und lasse meine Schuhe bei der Matte dort. Ich muss sagen, MacKenzie hat wirklich dafür gesorgt, dass ich mich zu Hause fühle. Sie hat mich sogar für die Hausarbeit mit eingeplant. Meine Aufgabe ist es, den Geschirrspüler auszuräumen und den Müll am Sonntag rauszustellen. Nächste Woche mache ich die Essensplanung und bereite drei Mahlzeiten vor. Das steht alles in einer Tabelle, die sie mir und Harper am Montagabend per E-Mail schickt. Anscheinend hatte sie Buchhaltung im Hauptfach, daher kann sie so gut mit Tabellenkalkulationen umgehen. Harper sagt, dass MacKenzie im Grunde das Sicherheitstechnologieunternehmen leitet, in dem sie, Owen und Nathan Partner sind.

Ich gehe nach oben und stecke den Kopf in MacKenzies Zimmer. Sie ist nicht da. Outfits sind über das Bett und einen Stuhl verteilt. Hat sie ein Date?

Ich gehe raus in den Flur. Hört sich an, als würde die Dusche in unserem Gemeinschaftsbad laufen.

Harpers Tür ist zu. Sie arbeitet wahrscheinlich an einem Grafikdesign-Projekt. Immer wenn sie von zu Hause aus arbeitet, schläft sie gern aus und arbeitet dafür bis spätabends. Ich werde sie nicht stören.

Ich gehe nach unten und stolpere fast über Felix, der auf der ersten unteren Stufe auf mich wartet. Ich hebe ihn hoch. „Ich werde nicht mehr da sein, um dich zu streicheln, wenn du mich auf der Treppe tötest."

Er schnurrt und reibt sich an meiner Brust. Ich entspanne mich mit diesem warmen Pelzbündel. Es ist, als käme ich zu einer warmen Umarmung nach Hause. Ich kann eine Umarmung gebrauchen.

Sobald ich in der Küche bin, nehme ich mir das letzte bisschen Lasagne und stelle es in die Mikrowelle. Es ist Harpers Kochwoche, und sie macht gerne zwei Riesengerichte, die wir die ganze Woche als Reste essen. MacKenzie nennt das faul, Harper nennt es effizient. Ich bin einfach froh, hausgemachtes Essen zu haben.

Ich bin fast fertig mit dem Essen, als MacKenzie hereinkommt und einen baumelnden Ohrring befestigt. Ihr Haar fällt in sanfte Wellen, dezentes Make-up. Sie trägt einen süßen hellblauen Hosenanzug mit Heels.

„Hey", sagt sie. „Wie war die Arbeit im Liebeshimmel?"

„Gut. Es ist großartig, für deine Mom zu arbeiten. Wir haben eine Position hinter den Kulissen für mich eingerichtet, da ich momentan gegen die Liebe bin."

Sie stößt mit ihrer Faust gegen meine. „Solidarität, Schwester. Mom sagte, sie hat dich zum Sonntagsessen eingeladen. Bitte fühl dich nicht verpflichtet zu kommen, weil deine Chefin dich eingeladen hat. Nicht, dass ich dich nicht dahaben will. Ich sage nur, das ist eine Menge Hailey-Zeit. Nachdem du die ganze Woche mit ihr gearbeitet hast und den halben Samstag, wenn es eine Hochzeit gibt, brauchst du vielleicht eine Pause."

„Überhaupt nicht. Ich könnte jeden Tag rund um die Uhr mit ihr rumhängen."

Sie rümpft die Nase. „Ich schätze, sie ist leichter zu nehmen, wenn sie sich nicht in dein Liebesleben einmischt." Sie trinkt einen Schluck Wasser und lehnt sich gegen den Tresen.

Ich lasse Wasser über meinen Teller laufen und stelle ihn in die Spülmaschine. „Date heute Abend?"

„Sowas in der Art. Ich weiß nicht, was es ist."

„Was hast du vor?"

„Treffen auf Drinks in einem schönen Restaurant mit Bar. Nicht das Happy Endings. Dad und Cooper müssen mich nicht ausspionieren. Harper wird nach fünfzehn Minuten anrufen, und wenn es schrecklich ist, behaupte ich, es gebe einen Notfall in der Familie, und gehe. Wenn nicht, werden wir sehen, wie es läuft."

„Schlau. Woher kennst du ihn?"

„Er war der mir zugewiesene Trauzeuge bei der Hochzeit einer Freundin. Umwerfend, aber ich fürchte, ein bisschen langweilig. Er ist Anwalt in der Kanzlei seines Vaters."

„Vielleicht ist er doch nicht so langweilig, wenn du ihn erst einmal kennenlernst."

„Ich muss nur sehen, ob umwerfend auch Chemie bedeutet. Ich hatte zu viel von der offenen Bar bei der Hochzeit, um zu sagen, ob es wahre Chemie oder alkoholinduzierte Lust war. Habe ich schon erwähnt, wie sehr ich diese erzwungenen Paarungen bei Hochzeiten hasse?" Sie rückt ihren Hosenanzug zurecht und öffnet den oberen Knopf. „Wie sehe ich aus?"

„Sexy?"

Sie lacht. „Ich weiß nicht, warum das als Frage herauskam, aber ich nehme es an. Harper arbeitet spät mit einer

Mitternachtsdeadline. Die Fernbedienung gehört heute Abend ganz dir. Genieße die Macht!"

Felix kommt mit wackelndem Schwanz herein und reibt sich an einem Stuhlbein.

„Da ist ja mein kleiner Miau-Miau", gurrt MacKenzie.

Er geht zu ihr, und sie hebt ihn hoch und kuschelt ihr Gesicht an seins. Sie macht Kussgeräusche auf ihn und setzt ihn wieder runter.

„Bye!"

„Bye! Ich hoffe, du hast Spaß."

Sie geht, und ich wende mich an Felix. „Wir können uns Gedanken über mein Leben machen oder uns die ganze Nacht im Fernsehen was Dramatischeres als mein Leben ansehen."

Er starrt mich mit einem Hauch Skepsis an.

„Nun, wir können hoffen, dass es was Dramatischeres gibt. Himmel."

Ich gehe voraus ins Wohnzimmer und stolpere fast, als er vor mir herstürzt und dann zwischen meine Beine zurückspringt. „Nochmal: Ich kann dich nicht mehr streicheln, wenn du mich tötest."

Es gibt einen zweiten Fernseher im Wohnzimmer für den Fall, dass Harper den Fernseher im vorderen Zimmer belegt hat, um ihr Lieblings-Fantasy-Videospiel zu spielen. Nachdem ich eine Weile durch die Kanäle gesurft bin, fühle ich mich allmählich unruhig. Ich will nicht freitagabends allein daheimsitzen. Mein Leben ist noch nicht vorbei, nur weil Dave nicht dabei ist.

„Ich gehe aus", verkünde ich Felix, während ich ihn von mir schiebe und aufstehe.

Er wirft mir einen verstörten Blick zu, weil ich seinen Freitagabend ruiniere.

„Ich komme wieder."

Er hat sich bereits davon erholt und springt auf die warme Stelle auf dem Sofa, wo ich gerade noch gesessen habe.

Ich gehe die kurze Strecke zum Happy Endings. Es ist in

Ordnung, mit Cooper als Freunde rumzuhängen. Ich brauche einen Freund, und er war mir ein guter Freund.

Aber als ich dort ankomme, hat Cooper sich über die Bar gebeugt, in tiefem Gespräch mit einer brünetten Frau in einem engen Rock.

Ich weiche ihnen aus und gehe in die andere Ecke der Bar, um sie zu beobachten. Sie ist jung, schön und begeistert von allem, was er sagt. Er lächelt und sieht charmant aus wie immer. Ich bin *nicht* eifersüchtig. Warum sollte ich eifersüchtig auf einen Freund sein?

Er bemerkt meinen Blick, und ich sehe schnell weg. Er soll nicht denken, dass ich ihm hinterherspioniere.

Einen Moment später steht er vor mir. „Ich hatte gehofft, du würdest heute Abend noch vorbeikommen. Was kann ich dir bringen?"

Die schöne Brünette kommt zu uns und lehnt sich über die Bar, um ihm einen Kuss auf die Wange zu geben. „Immer ein Happy End mit dir. Vergiss meine Show nicht!"

Er neigt den Kopf. „Ich werde da sein. War schön, dich wiederzusehen, Rachel."

Rachel lässt ein Lächeln aufblitzen und geht hinaus.

„Sie scheint nett zu sein", sage ich.

„Was kann ich dir bringen, meine Schöne?"

„Mach das nicht."

„Was denn?"

„Mich deine Schöne nennen. Wir sind Freunde."

„Klar."

Er sieht mich erwartungsvoll an.

„Ich nehme, was immer euer billigster Weißwein ist, bitte", sage ich.

„Geht aufs Haus", sagt er. „Lass mich dir das gute Zeug holen. Wir haben einen fantastischen Chardonnay aus Kalifornien."

„Ich wurde heute bezahlt, also mach' ich das schon." Meine Stimme klingt schnippischer, als ich wollte. Ich finde es nur seltsam, dass es eine Parade von dankbaren, schönen Frauen gibt, die ihn aufsuchen. Zuerst war da Gina, an dem

Tag, als wir einander kennengelernt haben. Sie hat ihn zu sich eingeladen, und jetzt will diese Frau, Rachel, dass er zu irgendeiner Show geht.

Er holt eine Flasche Chardonnay, von der ich annehme, dass es die billige Sorte ist, weil ich sehr klargemacht habe, dass ich hier selbst bezahle. Nachdem er mir ein Glas Wein gereicht hat, sagt er: „Was ist los? Du runzelst mehr als sonst die Stirn. Schlechte Neuigkeiten von deinem Ex?"

„Nein, alles okay. Ich habe in vier Wochen einen Termin beim Gericht für Bagatellfälle. Hoffentlich gewinne ich und bekomme eine Entschädigung für das, was er gestohlen hat."

„Ist dein Dad nicht Anwalt? Er könnte dich doch vertreten und es zu einem Slam Dunk machen."

Ich starre ihn an. „Das weißt du noch von dem Tag, an dem wir uns kennengelernt haben?"

„Ich erinnere mich an alles, was du mir sagst."

„Erinnerst du dich auch an alles, was Gina und Rachel dir erzählen?"

Er hebt die Hände. „Whoa. Das grünäugige Monster ist zum Spielen rausgekommen."

Ich trinke einen Schluck Wein. Er ist wundervoll. Ich glaube, er hat mich mit dem guten Zeug reingelegt. „Warum sollte ich eifersüchtig sein? Wir sind nur Freunde. Und offensichtlich suche ich nicht nach einer Beziehung. Tatsächlich wird mir bei der Vorstellung schlecht."

„Wann hast du Gina getroffen?"

„Am Tag meiner Hochzeit. Ich kam hierher, und sie hat dich zu sich nach Hause eingeladen."

Er überlegt einen Moment. „Oh, ja! Sie wollte mir ihr Apartment zeigen. Ich habe was Erschwingliches für sie in einer schönen Nachbarschaft in Eastman nebenan gefunden."

„Nicht meine Sorge."

„Ich bin ein offenes Buch. Du kannst mich alles fragen."

Ich presse die Lippen aufeinander und will nicht nach Rachel fragen. Es ist wirklich nicht meine Art, mich darum zu scheren, mit wem ein Typ, den ich für einen Freund halte, spricht. Ich gebe meinem Ex die Schuld. Wenn man einmal betrogen wurde, ist es schwer, wieder jemandem zu vertrauen.

Ich trinke einen Schluck Wein. „Ich habe Daves letzten Social-Media-Beitrag über ihn, Sheila und ein Lama gesehen. Sie sehen sehr glücklich miteinander aus."

„*Igitt!*"

„Ich habe sofort all seine Accounts gesperrt. Es reicht zu wissen, dass er weitergezogen ist. Ich muss das nicht auch noch sehen."

Er lehnt einen Ellbogen an die Bar, so nah, dass ich seinen holzigen Duft einatmen kann. Er ist so sexy. Jeder würde das denken. „Schlau."

Was, wenn ich ein Foto von mir und Cooper online posten würde? #Revengepost

„Du siehst nach einer Intrige aus", sagt er. „Planst du was?"

Ich beschließe, nicht darauf einzugehen. Das könnte Cooper auf falsche Ideen bringen. „Ich denke nur nach. Ich schätze, die Nahtoderfahrung hat Dave dazu gebracht, sein Leben neu zu bewerten. In gewisser Weise habe ich mit dem Tod meiner Beziehung und der Zukunft, die ich dachte, vor mir zu haben, Ähnliches durchgemacht. Ich bewerte auch neu."

Er hält einen Finger hoch und geht, um für ein paar Typen am anderen Ende der Bar Bier einzugießen. Er kommt zu mir zurück.

„MacKenzie hat heute Abend ein Date mit einem Anwalt", sage ich.

„Schön für sie."

„Sie fürchtet, dass er zu langweilig ist."

„Ich bin mir sicher, das wird sie schnell genug herausfinden." Er beugt sich über die Bar, seine Augen warm, seine Stimme glatt wie Seide. „Ich bin froh, dass du dein Leben neu bewertest. Gibt mir die Gelegenheit, dich besser kennenzulernen."

„Cooper!", ruft eine weibliche Stimme. Ich drehe mich um und sehe eine atemberaubende Frau mit glatten schwarzen

Haaren näherkommen. Sie sieht aus, als käme sie gerade vom Laufsteg.

„Hey, Vickie", sagt er herzlich. „Du bist wieder da. Wie war Mailand?"

Sie beugt sich über die Bar und gibt ihm Luftküsse auf beide Wangen. „Fantastisch. Ich verdanke dir mein Leben."

„Überhaupt nicht. Du hattest einen Traum. Mom brauchte ein Model."

„Wie geht's deiner Mom? Ich liebe sie einfach so sehr!"

„Geht ihr gut. Rowan hier arbeitet mit ihr drüben bei Love Junkies."

Vickie lächelt mich an. „Lieben Sie nicht auch all die atemberaubenden Hochzeitskleider, die durch diesen Ort gehen?"

„Mmm-hmm", mache ich unverbindlich.

„Wasser mit Kohlensäure?", fragt er sie.

„Du kennst mich so gut. Genau genommen kann ich nicht bleiben. Ich treffe mich in der City mit ein paar Freunden zum Abendessen, aber das hier war mein erster Halt nach dem Flug. Ich war auf dem kleinen Flugplatz für Privatflugzeuge. Ein Gruppen-Jet-Share. Ich bin kein so großer Name. Noch nicht."

Ich starre sie an. Niemand sieht so gut aus, wenn er gerade einen langen internationalen Flug hinter sich hat. Wem macht sie eigentlich was vor?

„Ich fühle mich geschmeichelt, dass ich dein erster Halt war", sagt Cooper.

Sie dreht sich zu mir um. „Wobei hilft Cooper Ihnen? Der Mann ist ein Wundermacher. Nennen Sie ihm einfach ein Problem, und er hilft Ihnen auf eine Weise, die Sie nicht im Traum für möglich gehalten hätten."

Ich werde mein Leben nicht mit einer Fremden durchkauen, und schon gar nicht mit einer glamourösen Frau, die das High Live führt.

„Wir sind Freunde", sage ich. „Ich bin neu in der Stadt."

Ihre Brauen ziehen sich verwirrt zusammen. „Freunde? Cooper hat keine weiblichen Freunde." Sie lacht. „Vielleicht hat er sie doch!"

„Verschwinde", sagt Cooper. „Kein Sprudelwasser für dich."

Sie wedelt mit ihren Fingern in seine Richtung. „Ciao!"

Er lächelt. „Ciao!"

Sie geht, und er sieht ihr hinterher, immer noch lächelnd. Mein Magen brennt. Ich kippe den Wein herunter und werfe einen Haufen Dollarscheine auf die Bar. Ich habe keine Ahnung, wie viel dieser Wein kostet, aber hoffentlich deckt das alles ab.

Er blickt auf den Geldhaufen. „Ich habe doch gesagt, der geht aufs Haus."

„Ich bin kein Fall für deine Wohlfahrt. Ich sehe, dass es das ist, was du hier mit all diesen Frauen abziehst."

„Mit welchen Frauen?"

„Oh, bitte. Zwei Frauen sind in den letzten fünfzehn Minuten aufgetaucht und haben sich überschlagen vor Begeisterung über alles, was du für sie getan hast. Ich weiß deine Freundlichkeit zu schätzen, aber ich will nicht zu einer langen Reihe von Frauen gehören, die du rettest oder was auch immer."

„Bist du fertig?"

Ich presse meine Lippen zu einer flachen Linie zusammen. „Ja."

„Ich habe niemanden gerettet. Ich leihe ihnen einfach ein Ohr und stelle eine Verbindung für Leute her, wenn ich eine habe. Ich bin hier in der zweiten Generation mit einer großen Familie, alle einheimisch. Mit all den Geschäften von Freunden und Familie bin ich in der Lage, hilfreich zu sein. Ich bin besser als das Internet, weil ich für sie bürgen kann."

„Es ist so nervig, wie gut du bist."

„Stehst du auf böse Jungs?"

Ich hebe mein Kinn. „Ich liebe den Kater meiner Mitbewohnerin. Das ist der einzige böse Junge oder irgendein Mann, den ich in absehbarer Zukunft in meiner Nähe haben will."

„Na gut."

Ich runzle die Stirn und betrachte den Tresen. Ein weiteres

Glas dieses köstlichen Weins erscheint auf magische Weise. Mein Bündel zerknitterter Geldscheine liegt unberührt auf der Bar. Ich stecke es in ein Trinkgeldglas in der Nähe.

Ich nippe daran und entspanne mich ein wenig. Cooper kümmert sich um andere Kunden. Ich schätze, ich habe seine Aufmerksamkeit an einem Freitagabend ganz schön in Beschlag genommen. Ich muss ein bisschen runterkommen. Er ist herzlich und freundlich zu allen – Mann, Frau, jung, alt.

Ich trinke meinen Wein aus und rutsche leicht beschwipst vom Barhocker.

„Lass mich dich nach Hause bringen", sagt Cooper und signalisiert einem Kellner, dass er übernehmen soll.

„Mir geht's gut."

Er gesellt sich zu mir und steht so nah, dass ich in Versuchung bin, mich zu ihm zu beugen und tief einzuatmen. Warum ist er so nah? Ich trete zurück, und er lächelt mich an. War ich diejenige, die in seinen persönlichen Raum eingedrungen ist?

„Ich mache eine Pause", sagt er. „Ich mache gern einen Spaziergang, wenn ich Pause habe, und genieße die Ruhe und frische Luft."

„Oh! Okay."

Wir gehen zum Eingang, und er hält die Tür für mich offen.

„Ich habe im voraus Tickets für die Planetariumshow am Sonntag gekauft", sagt er. „Wollte sicherstellen, dass wir die Shows unserer Wahl bekommen, bevor es ausverkauft gewesen wäre."

„Danke! Das war sehr vorausschauend."

Wir gehen los. Seine Finger streifen meine und schicken ein Prickeln durch meinen Arm. „Gern geschehen. Ich dachte, wir könnten früh in die City fahren, was zu Mittag essen und herumlaufen, bevor wir zum Planetarium gehen."

„Klingt nach Spaß."

„Das dachte ich auch." Er blickt zum Himmel, wo die Sterne hier heller erscheinen. „Ich gebe zu, ich weiß nichts über die Sternbilder."

„Da ist der Große Wagen. Der ist immer leicht zu finden."

Er starrt ihn eine Weile im Laufen an und stolpert über einen Spalt im Bürgersteig. Ich packe seinen Arm, um ihn aufzufangen. Verdammt, das ist ein muskulöser Arm.

Er lächelt. „Danke für die schnelle Rettung."

„Trainierst du viel?"

Er lacht. „Ich halte mich fit."

„Dein Bizeps ist wie ein Stein."

„Vielen Dank!"

Er spannt ihn auf komische Weise an. Ich bin sowohl angetörnt als auch unterhalten. Noch nie habe ich einen Typen wie ihn getroffen. Wunderschön, aber nicht arrogant deswegen, warmherzig und fürsorglich zu jedem, den er trifft.

„Lächerlich", sage ich.

„Dann lass mal deine sehen."

Ich schiebe den Ärmel hoch und beuge meinen Bizeps, in der Hoffnung, dass sich was zeigt. Da ist eine leichte Kurve.

Er nickt. „Beeindruckend. Fast so groß wie eine Limette."

„Kannst mich auf deine Margarita pressen." Ich lache. „Ich kann nicht glauben, dass ich das gesagt habe. Ich glaube, der Wein ist mir zu Kopf gestiegen. Ich hatte nur ein kleines Abendessen."

„Das ist nicht gut."

„Ich hatte ein spätes Mittagessen, und dann wurde ich bei der Arbeit aufgehalten. Nur keine Sorge, ich mach' mir zu Hause was."

„Ich mache mir keine Sorgen."

Wir kommen zu meinem Haus, und er bleibt stehen. „Ich seh' dich dann am Sonntag. Wir können den Zug um zehn Uhr nehmen. Ich hol' dich ab."

Er ist wieder nah und in Kussweite. Bin ich das oder beugt er sich vor? „Versuchst du wieder, mich zu küssen?"

Seine Lippen biegen sich nach oben, seine Augen blicken in meine. „Möchtest du, dass ich dich noch einmal küsse?"

Ja. Ich versuche, um seinetwillen logisch zu sein. „Freunde küssen einander nicht."

„Und Freunde mit gewissen Vorzügen?"

Meine Lippen trennen sich. Diese Option hatte ich nicht in Betracht gezogen.

Er setzt einen Schritt zurück. „Bis bald, meine Schöne."

Ich starre ihn an, immer noch von der verlockenden Idee einer „Freunde mit gewissen Vorzügen"-Situation gefangen. Sowas hatte ich noch nie. „Bye, mein Hübscher."

Er grinst und schlendert in die Nacht.

Oh, Junge, ich spiele mit dem Feuer.

10
___

Cooper

Ich läute am Sonntag bei MacKenzie und Harper, um Rowan abzuholen, und MacKenzie öffnet die Tür. Sie ist genauso eine Frühaufsteherin wie Mom.

„Hi!" Sie kommt nach draußen und schließt die Tür hinter sich. „Scheinbar verbringst du viel Zeit mit Rowan."

„Problem?"

„Coop, ihre Hochzeit ist gerade mal zwei Wochen her. Du möchtest doch nicht ihr Lückenbüßer sein."

„Lass das mal mein Problem sein."

„Das ist genau wie Brianna. Du rettest sie, hängst dich rein, und dann bist du derjenige, der verletzt wird." Sie drückt meine Schulter. „Ich möchte nur nicht, dass dir noch einmal das Herz gebrochen wird."

Ich schüttle den Kopf. „Es ist locker. Keine große Sache."

Sie sieht mich skeptisch an, dreht sich um und öffnet mir die Tür.

Ich trete gerade ein, als Rowan aus der Küche stürzt, ihre Augen strahlend. Sie trägt einen engen rosa Pullover mit V-Ausschnitt und Jeans. Mein Puls trommelt durch meine Venen. „Hi! Ich habe mich gerade um Felix gekümmert. Bereit für einen sonntäglichen Funday."

Ich lache. „Klingt gut für mich." Ich drehe mich zu

MacKenzie um. „Ich sehe dich dann heute Abend beim Sonntagsfamilienessen."

Sie winkt und lächelt und verhält sich Rowan zuliebe ganz lässig. „Viel Spaß, ihr beiden! Aber nicht zu viel Spaß!"

Wir gehen für die kurze Fahrt zum Bahnhof zu meinem Auto. Das ist einfacher als sich mit dem Parken in der City rumzuärgern. Ich öffne ihr die Beifahrertür.

„Wow, sind das noch mehr von den Gentleman-Manieren, mit denen du aufgewachsen bist?", fragt sie nahe bei mir stehend. Sie riecht nach Zitrusfrüchten und etwas, das einzigartig für sie ist.

„Gewöhn dich daran. Von Geburt an in mir verwurzelt. Du hättest sehen sollen, wie ich MacKenzie die Türen aufgehalten habe, als ich im Kindergarten war. Sie hat sie dann immer zugemacht und selbst wieder geöffnet."

„Ha! Das kann ich mir vorstellen!" Sie steigt ein, und ich schließe die Tür hinter ihr.

Ich jogge auf die andere Seite, begierig darauf, den Tag zu starten. Sobald ich im Wagen bin, sagt sie: „Das ist kein Date, nur dass wir uns da einig sind."

„Das habe ich auch nicht gedacht. Nur zwei Freunde, die die Gesellschaft des anderen genießen." Ich biege auf die Straße. „Das war nur ein Scherz, als ich sagte, es sei ein Date."

„Das war es?"

„Ja, ich scherze viel."

„Okay."

Ich spüre, wie sie mich mustert, während ich fahre. „Wirklich."

„Okay, fantastisch. Ich kenne eine Menge toller Orte zum Mittagessen beim Museum. Und wir müssen bei meinem Lieblings-Süßwarenladen vorbeischauen. Es ist teuer, aber man kann alles einzeln kaufen."

„Cool."

Sie zählt mir begeistert eine Liste von Lokalen zum Mittagessen auf. Ich lächle vor mich hin. Sie klingt glücklich. Ich weiß nicht, ob ich das bin oder der Ausflug in die City, aber es ist toll, es zu hören. Sie ist nicht wie Brianna. Sie ist stark und widerstandsfähig, jemand, den ich nicht retten muss. Ich kann es einfach genießen, mit ihr zusammen zu sein.

MacKenzies Stimme klingelt in meinem Kopf: *Lückenbüßer, Lückenbüßer, Lückenbüßer.* Ich verdränge das. Nur ein lustiger Tag in der City.

Rowan

Nach einem köstlichen Mittagessen in einem italienischen Restaurant betreten Cooper und ich das American Museum of Natural History mit den Tickets, die er im Voraus gekauft hat. Hier ist wie üblich am Wochenende eine große Menschenmenge.

„Das Geld bekommst du zurück", sage ich und greife nach meiner Handtasche. „Du hast das Mittagessen bezahlt."

„Mach dir deswegen keine Sorgen."

„Ich habe jetzt einen Gehaltsscheck."

Er sieht sich um. „Wo geht's zum Planetarium?" Er zeigt mir die Richtung und ergreift dann meine Hand. „Will dich in dem Andrang nicht verlieren."

Ich schlucke. Seine größere Hand umhüllte meine mit ihrer Wärme. Halten Freunde Händchen? Ich sage kein Wort, weil ich es zu sehr genieße. Es ist aufregend als auch beängstigend zugleich.

Er geht zum Planetarium voraus.

Als wir da ankommen, ziehe ich meine Hand weg, erleichtert, ihn nicht mehr berühren zu müssen. Er ist einfach zu verlockend. Ich kann mich nicht so schnell nach meiner Trennung auf was Neues einlassen. Ich bin mir nicht sicher, ob ich auch nur eine Freundschaft mit gewissen Vorzügen mit Cooper riskieren will. Was, wenn ich Gefühle entwickle?

„Den besten Blick hat man in der hinteren Reihe", sage ich.

Wir setzen uns in die hintere Reihe. Es ist dunkel hier

drinnen mit Sternbildern an der Decke. Immer mehr Leute kommen herein.

Ich ziehe mein Handy heraus. „Machen wir ein Selfie."

Er lehnt sich zu mir und lächelt. Gott, er ist umwerfend. Ich mache das Bild und poste es in meinen Social Media mit der Überschrift: „Dieser Kerl lässt mich Sterne sehen. Hayden Planetarium Spaß!" Ich tagge auch das Museum. Ich bin sicher, dass es ihnen hilft, wenn Leute posten, wie cool es hier ist.

Ich zeige ihm das Bild.

„Ich schätze, ich habe dich wirklich die Sterne sehen lassen, da das meine Idee war."

„Ja. Und ich dachte, es könnte dem Museum helfen. Sie mögen es, wenn man sie taggt. Ich komme gern ein paarmal im Jahr zu Besuch. Hiernach sollten wir uns Lucy ansehen. Sie ist ein drei Millionen Jahre altes komplettes Skelett eines frühen Menschen."

„Ich folge deiner Führung." Seine Stimme klingt rau. Ein Schauer läuft mir die Wirbelsäule hinunter.

Die Show beginnt, und ich lehne mich auf meinem Platz zurück, um den besten Blick auf den Kosmos zu genießen, den man bekommen kann. Ich bemerke, wie ich immer wieder zu Cooper blicke, um zu sehen, ob er es auch genießt. Er begegnet meinem Blick mit einem Lächeln, das mein Herz schneller schlagen lässt.

Ich sollte aufhören, ihn so oft anzusehen.

Nach dem Ende der Show stehen wir auf. Er nimmt meine Hand und geht mit mir durch die Menge. Es fühlt sich so natürlich an, Händchen mit ihm zu halten. Ist das seltsam?

Sobald wir aus der Menge raus sind, zeige ich auf die Fahrstühle. „Wir müssen in die erste Etage für die Ausstellung Human Origins."

Wir stellen uns am Fahrstuhl an und quetschen uns mit allen anderen zusammen rein. Ich bin Schulter an Schulter mit Cooper, unsere Arme sind aneinandergepresst.

„Nur gut, dass ich nicht klaustrophobisch bin", sagt er.

Ich lache und mehrere andere Leute auch.

Wir steigen aus und durchqueren die Hauptgalerie.

„Rowan!", ruft eine vertraute männliche Stimme.

Ich erstarre und nehme instinktiv Coopers Hand. Er wirft mir einen fragenden Blick zu.

„Es ist Dave", flüstere ich.

Dave kommt zu uns gerannt. „Bist du jetzt mit ihm zusammen?"

„Woher weißt du, dass ich hier bin?"

„Ich habe deinen Post gesehen. Dieser Kerl lässt dich also die Sterne sehen?"

Coopers Arm legt sich um meine Schultern. „Das ist richtig. Dein Verlust ist mein Gewinn."

„Entschuldigung, aber es gibt einige Dinge, über die wir reden müssen", sagt Dave.

„Was immer du zu sagen hast, kannst du vor Cooper sagen", sage ich.

Dave starrt Cooper finster an, der sich nicht vom Fleck rührt.

Dave senkt die Stimme. „Ich vermisse dich. Sheila kümmert sich nicht so um mich, wie du es getan hast, ich vermisse es, wie du immer dafür gesorgt hast, dass ich eine warme Mahlzeit hatte, wie du die Wäsche gemacht und die Wohnung in Ordnung gehalten hast. Es hat sich wie ein Zuhause angefühlt."

„Engagiere einen Reinigungsservice", sage ich. „Ich bin es leid, mich um irgendwen zu kümmern. Ich will mit jemandem zusammen sein, der ein wahrer Partner ist. Jemandem, der auf seinen eigenen beiden Beinen steht."

Er verzieht das Gesicht. „Du hast das getan, weil du mich geliebt hast. Ich bin mir nicht sicher, ob Sheila mich liebt. Ich glaube, sie hat mich benutzt, um die Lama-Farm zu bekommen."

Ich atme tief durch. Ich fühle mich fast schlecht für ihn. Fast. „Ich bin darüber hinweg."

Cooper küsst meine Schläfe, als wären wir ein Paar. Ich erröte vor Hitze. Ich wollte tatsächlich ein Rachebild für Dave. Ich hatte nur nicht gedacht, dass ein unschuldiges Planetariumfoto ihn aus der Versenkung holen würde.

Daves Stimme wird flehend. „Ich weiß, dass ich eine beschissene Sache abgezogen habe, indem ich unsere Kunden in die Firma meines Cousins geschleust habe. Du kannst auch dort arbeiten. Niemand macht die Social Media-Sache wie du und all diese digitalen Strategien und den Marketingkram. Das warst alles du."

Ich seufze. „Geh nach Hause, Dave."

„Aber –"

„Du hast sie gehört", knurrt Cooper. „Verschwinde hier, bevor ich dich am Kragen rausziehe."

Dave zupft an seinem Kragen, wirft mir einen letzten flehenden Blick zu und geht.

Wir gehen weiter.

„Das ist also der Typ, der dein Leben in die Luft gejagt hat", sagt Cooper. „Was hast du nur in ihm gesehen?"

„Früher war er charmant und super unterstützend. Wahrscheinlich, weil ich mich um sein Leben gekümmert habe, sowohl privat als auch beruflich. Ehrlich gesagt, er hat sich verändert, nachdem er einen Monat vor unserer Hochzeit bei einem Kajakunfall fast ertrunken wäre. Ich schätze, sich dem Tod gegenüberzusehen, hat ihn dazu veranlasst, sein Leben zu überdenken."

„Und einen Haufen dumme Entscheidungen zu treffen."

„Ja, ich glaube, die Hochzeit hat seinem zerbrechlichen Zustand zusätzlich Druck gemacht. Ich schätze, mir war nicht klar, wie weit weg er war, bis er ging. Vielleicht wollte ich es nicht sehen."

Cooper bleibt stehen und nimmt meine Hände in seine. „Wenn er sich entschuldigt und alles in Ordnung bringt, würdest du ihn dann zurücknehmen?"

„Nein, weil *ich* keine dummen Entscheidungen treffe."

Er küsst meine Stirn, was sich irgendwie intim anfühlt. „Klug und schön." Unsere Blicke kollidieren, Funken feuern zwischen uns. Die Menge verblasst in den Hintergrund. Es sind nur wir, die wir uns auf einer urtümlichen Ebene verbinden. In meinem ganzen Leben habe ich noch nie jemanden so sehr gewollt. Mit Dave war es nie so fesselnd.

Eine Ansage über die Lautsprecher bricht den Zauber.

Ich trete weg. „Nun."

„Ja."

Wir gehen zur Ausstellung Human Origins, eine neue Spannung zwischen uns. Er hält meine Hand nicht. Irgendwie will ich ihn dadurch nur mehr. Wie widerstehe ich einem unwiderstehlichen Mann?

Cooper

Daves weinerliche Stimme klingt noch in meinem Kopf. *Oh, bitte kümmere dich um mich, Rowan.* Loser. Ich glaube nicht, dass sich Dave nach einer Nahtoderfahrung verändert hat. Er war schon immer ein Wiesel, aber Rowan hat es erst gesehen, als er sein wahres Gesicht zeigte.

Ich folge Rowan zur nächsten Ausstellung. Wir sind auf einer Wirbelwind-Tour durch all ihre Favoriten. Wir müssen den Zug um zehn nach vier nehmen, um es rechtzeitig zum Sonntagsfamilienessen zu schaffen. Ich habe ihr gesagt, es sei keine große Sache, wenn wir es verpassen, aber sie hat darauf bestanden. Sie mag meine Familie wirklich. Das beruht auf Gegenseitigkeit. Sogar Dad hat gesagt, dass sie in Ordnung zu sein scheint, was ein großes Lob von ihm ist.

Es ist cool, wie sie in mein Leben passt. Es ist vorübergehend, ich weiß. In ein paar Wochen bekommt sie die Anzahlung für ihre Wohnung zurück, und dann wird sie gleich wieder hierherkommen, um sich ein Apartment zu besorgen.

Ich könnte sie besuchen. Was mache ich denn da? MacKenzie hat recht. Das hier ist eine klassische Lückenbüßer-Situation. Ich muss Abstand wahren.

„Wir dürfen die Amethyst-Kristalle nicht verpassen", sagt sie und rennt praktisch in die Richtung der Halle mit dem großen Blauwal. „Wir gehen nach dem Wal dahin."

„Mal ganz langsam."

Sie sieht mich über ihre Schulter an. „Wir haben nur noch eine halbe Stunde, bevor wir zum Bahnhof fahren müssen."

Bam! Sie stößt mit einem großen Mann zusammen und stolpert rückwärts, verliert den Halt.

Ich springe hin und fange sie gerade rechtzeitig auf. Die Leute applaudieren. Der große Mann geht weiter.

Sie dreht sich in meinen Armen um. „Danke", sagt sie leise. „Du scheinst mich immer aufzufangen, wenn ich falle."

Mein Herz schlägt heftiger. „Nur Glück, schätze ich."

Ich ziehe mich zuerst weg.

Sie nimmt meine Hand und geht voraus. Diesmal hat sie damit angefangen, Händchen zu halten. Das bedeutet, dass sie sich bei mir wohlfühlt.

Mein Herz schlägt noch heftiger. Sie will mich. Ich will sie. Dies ist ein rutschiger Hang, aber ich kann diese Sache zwischen uns nicht ignorieren. Solange wir die Regeln formulieren, bevor wir uns aufeinander einlassen, wird niemand verletzt.

Auf der Zugfahrt nach Hause hält Rowan meine Hand und schläft mit dem Kopf auf meiner Schulter ein.

Im Auto sieht sie mich an, während ich fahre.

Und als ich zum Sonntagsfamilienessen vor dem Haus meiner Eltern parke, sagt sie: „Möchtest du mein Freund mit gewissen Vorzügen sein?"

Meine Lust schießt durch die Decke.

11

Rowan

Ich habe über die Freunde mit gewissen Vorzügen Sache nachgedacht, seit Cooper meine Hand genommen hat. Okay, schon vorher, als wir uns geküsst haben. Da ist einfach etwas an ihm, das mich dazu bringt, seinen gesamten wunderschönen Körper küssen und es wie die Karnickel treiben zu wollen. Ich bin nicht bereit für die Liebe, aber ich kann nicht widerstehen, nach dem heutigen Tag dieser Anziehung nachzugeben. Er hat sich bei Dave für mich eingesetzt. Das bedeutet mir viel.

Er starrt mich an. „Das fragst du mich vor dem Haus meiner Eltern? Was machst du mit mir?"

Ich sehe hinunter auf die Wölbung in seiner Jeans. „Oh, tut mir leid. Vergiss, dass ich das gesagt habe. Wir reden später darüber."

„Ich kann nicht vergessen, dass du das gesagt hast. Jetzt ist es draußen wie ein großes blinkendes Go-Schild."

„Du bist also dabei?"

„Ja, ich bin dabei."

Ich beuge mich vor, um ihn zu küssen, und er zieht sich zurück. „Was ist denn los?"

„Ich brauche einen Spaziergang um den Block, bevor ich

das Haus meiner Eltern betrete. „Bleib da und mach nichts, was sexy ist."

Ich lecke langsam meine Lippen.

Er stöhnt, beugt sich zu einem schnellen Kuss vor und zieht sich zurück. „Ich seh' dich dann, wenn ich wieder vorzeigbar bin."

Ich lächle und wackle mit den Fingern in seine Richtung. Das läuft besser, als ich dachte. Vielleicht sollten wir das Essen auslassen und direkt zu ihm gehen.

Nee, besser nicht. Wir haben gesagt, wir kämen. Ich will nicht, dass seine Eltern zu dem Schluss kommen, dass wir nicht da sind, weil wir es wie die Karnickel treiben. Das ist privat.

Natürlich könnten sie auch auf die falsche Idee kommen, wenn wir zusammen dort auftauchen. Vielleicht sollte ich schon mal reingehen. Nein, MacKenzie weiß, dass wir zusammen in die City gefahren sind. Ihr könnte rausrutschen, uns nach unserem Tag zu fragen. Ich sage einfach, er ist eben mit mir gekommen.

Das ist auch die Hoffnung für später. Ha-ha.

Ich warte auf dem Bürgersteig. MacKenzie kommt mit Finn. Ich winke. Sie steigen aus dem Wagen und kommen zu mir.

„Sieh mal an, wen ich da auf dem Bordstein gefunden habe", sagt MacKenzie.

„Hey, Rowan", sagt Finn. Er sieht sich um. „Ist Cooper schon drin? Ich sehe sein Auto."

„Er ist spazieren gegangen."

„Warum?", fragt MacKenzie.

„Ich schätze, er musste sich die Beine vertreten oder so was", sage ich.

„Habt ihr beide euch gestritten?", fragt MacKenzie.

„Oh nein, nichts dergleichen. Geht schon mal rein, er kommt bald zurück."

MacKenzie sieht mich mit gehobenen Augenbrauen an. Irgendwie glaube ich, sie weiß, dass da was zwischen uns ist. Mehr als Freundschaft.

Ich zucke unschuldig die Schultern.

„In Ordnung, wir sehen uns dann drinnen", sagt MacKenzie.

Ich sehe mich nach Cooper um. Er muss einen längeren Spaziergang gemacht haben, als ich erwartet hatte. Ich dachte, er würde einmal um den Block gehen.

Endlich taucht er auf, ein wenig außer Atem.

„Geht's dir gut?", frage ich.

„Ich bin gerade zu mir nach Hause gelaufen und habe an schimmeliges Brot gedacht."

„Interessant. Schimmeliges Brot ist ein Abtörner."

Er beugt sich nach vorn und lacht. „Komm schon, du."

Auf seine Einladung hin setze ich mich am Tisch neben Cooper. Ich bin mir nicht sicher, wie ich das Essen überstehen soll, ohne spontan zu verbrennen. Ich muss mir die ganze Zeit vorstellen, was wir danach miteinander tun können. Ich fühle mich wieder wie ein notgeiler Teenager, außer dass ich damals nie was dagegen unternommen habe. Das hier ist meine Gelegenheit.

Hier kommt der sexy Teil!

Noch nicht. Bald.

„Wie war das Planetarium?", fragt MacKenzie Cooper und mich.

Haileys Augen beginnen zu leuchten. „Oh, ihr beide seid zusammen gegangen?"

„Es war gut", sage ich beiläufig.

„Wie war dein Date mit dem Anwalt?", fragt Cooper MacKenzie.

„Ein Anwalt?", ruft Hailey. „Erzähl mir alles!"

MacKenzie presst die Lippen aufeinander. Cooper hat Haileys Aufmerksamkeit gerade auf das Liebesleben ihrer Tochter und von seinem abgelenkt. Cooper und ich tauschen einen insgeheim triumphierenden Blick aus. Er ist gut.

MacKenzie blickt auf ihren Dad und dann zurück zu ihrer

Mom. „Zuerst habe ich ihn für langweilig gehalten, aber dann habe ich festgestellt, dass er wie Dad ist. Irgendwie unaufregend, aber nicht ganz langweilig."

„Ich bin nicht unaufregend oder langweilig!", protestiert Josh.

„Wunderbar!", sagt Hailey. „Dein Dad ist ein großartiger Typ. Ich habe gehofft, dass du einen wunderbaren Mann wie ihn triffst."

MacKenzie neigt nachdenklich den Kopf. „Er ist nicht genau wie Dad. Erstens ist er total umwerfend."

„Ich bin auch umwerfend", sagt Josh.

Hailey drückt seinen Arm. „Ja, das bist du, Schatz."

MacKenzie fährt fort: „Ehrlich gesagt, ich habe mich wohlgefühlt, weil er so ein ruhiger, geerdeter Mensch ist."

„Dein Dad ist mein Fels", sagt Hailey. „Das sind großartige Neuigkeiten! Hast du ein Bild?"

„Nein. Ich bin mir nicht sicher, ob ich ihn wiedersehen werde."

Josh schnaubt. „Ich bin kein Fels. Felsen sind langweilig. Ich habe ein aufregendes Leben geführt. Ich bin früher in der Army aus Flugzeugen gesprungen."

Cooper wirft mir einen verschwörerischen Blick zu, der sagt: Ist meine Familie nicht verrückt? Ich grinse.

MacKenzie seufzt. „Wir wissen es, Dad. Du warst Fallschirmjäger."

Er schlägt mit der Hand auf den Tisch. „Ich könnte gerade jetzt aus einem Flugzeug springen. Ich hab' das noch in mir."

Hailey lächelt ihn an. „Niemand hat gesagt, dass du das nicht hast, mein Kriegertier."

Er schnaubt erneut. „Anwälte sind langweilig."

„Was für ein Anwalt ist er?", fragt Hailey MacKenzie.

„Hab' ich nicht gefragt", sagt MacKenzie. „Er mag Spaziergänge in der Natur, trinkt nie und raucht auch nicht."

„Klingt, als hätte ihn jemand gecoacht", sagt Cooper. „Wie ein Dating-Profil. Woher weißt du, dass er ehrlich ist?"

MacKenzie ignoriert Cooper. „Jedenfalls will er es langsam angehen, mich kennenlernen."

„Das ist gut", sagt Hailey.

MacKenzie wendet sich für mein Verständnis zu mir um. „Er wollte mir nicht mal einen Gutenachtkuss als Experiment für die Chemie geben. Ich glaube, ich überlasse ihn einer geduldigeren Frau. Ich brauche jemanden, der mehr Spaß macht. Nicht so sehr wie Dad."

Ich nicke mitleidig.

Josh schlägt sich in die Brust. „Ich mache Spaß! Hast du mich schon mal auf der Tanzfläche gesehen?"

„Dad, du tanzt nur langsam", sagt MacKenzie.

„Aber ich bin gut darin. Und niemand macht so einen wilden Samstagabend wie ich."

Hailey verkneift sich ein Lächeln.

„Richtig, Kriegerprinzessin?" Joshs Stimme klingt ein wenig besorgt.

„Richtig."

Cooper wirft seinem Vater einen Todesblick zu. „Ja, ich glaube nicht, dass wir sexy Details deiner Samstagabende mit Mom brauchen."

MacKenzie, Cooper und Finn lachen laut. Josh wirft ihnen einen ermahnenden Blick zu. Hailey schüttelt den Kopf.

„Rowan, hast du Pläne mit der Familie für Thanksgiving?", fragt Hailey plötzlich aus dem Nichts. Thanksgiving ist noch einen Monat entfernt. Bis dahin hoffe ich, die Anzahlung für meine Wohnung zurück- und einen Sieg vor Gericht errungen zu haben. Ich könnte schon gut weg sein, wieder in der City. Obwohl die Feiertage keine gute Zeit sind, um umzuziehen.

Vielleicht könnte ich noch ein bisschen länger hierbleiben? Nein, ich habe MacKenzie und Harper genug zugemutet. Und ich will sicher sein, dass ich das Richtige für mich tue, nicht mein Leben verändern, um mehr Zeit mit Cooper zu verbringen. Es ist nicht einmal eine Beziehung. Es ist Spaß, locker. Sexy. *Denk nicht daran!*

Ein Thanksgiving mit der Campbell-Familie, was? Ich denke an meinen Ex, meine tote Mom und Großmutter, meinen entfremdeten Vater und Bruder. Gott, meine Familie ist scheiße.

Ich versuche zu lächeln. „Normalerweise gehe ich zu der Feier meiner Freundin Meg in der City. Sie lädt all ihre Freunde ein, die keine Familien haben."

„Du hast keine Familie?", fragt Hailey entsetzt. „Moment, was ist mit –"

Cooper greift ein. „Mom, das ist persönlich."

„Nein, alles gut", sage ich. „Tot, tot, entfremdet. Ich bin dran gewöhnt."

„Du musst zu unserem kommen", sagt Hailey. „Wir feiern alle im Haus meiner lieben Freundin Claire Jordan."

„Ist eher wie ein Anwesen", sagt Josh.

„Es gibt Platz für alle", sagt Hailey.

Das ist richtig. Harpers Mom ist Claire Jordan, der Filmstar.

„Ich möchte mich nicht in ein Familienfest drängen", sage ich.

„Ich bestehe darauf", sagt Hailey.

„Ja, ich bestehe auch darauf", sagt MacKenzie.

„Es liegt ganz bei dir", sagt Cooper. „Aber ich muss erwähnen, dass es einen ganzen Tisch voller Kuchen gibt."

Diesmal ist mein Lächeln echt. „Danke! Ich würde sehr gern kommen."

Haileys Lächeln erhellt ihr ganzes Gesicht. „Gut. Es wird schön sein, dich dabei zu haben. Cooper, das ist die Art von Frau, die ich immer für dich gewollt habe."

MacKenzie lacht.

„Mo-om", sagt Cooper.

„Wir sind nicht –", beginne ich.

„Wir sind Freunde", beendet er den Satz.

Ich zeige auf ihn. „Genau."

„Von Freunden zu Liebenden ist meine Lieblingsgeschichte", sagt Hailey verträumt.

„Das hier ist nicht eine deiner Happy Endings Buchclub-Storys", sagt Cooper. „Das hier ist das wahre Leben."

„Happy Endings Buchclub?", frage ich.

Hailey strahlt. „Ja. Ein langjährig bestehender Liebesromanbuchclub. Du kannst dich uns gern jederzeit anschließen."

„Oh, ich glaube nicht, dass Liebesromane was für mich sind", sage ich. „Ich bin im Moment irgendwie im *Lass dich nie wieder auf was ein*-Lager."

Cooper zeigt auf mich. „Genau. Sie hat gerade mit ihrem Verlobten Schluss gemacht. Das Timing ist schlecht für alles, was mit Liebe zu tun hat. Sie muss darüber hinwegkommen."

Hailey lächelt gut gelaunt. „Natürlich. Könnt du und Rowan das Dessert holen? Es gibt Kirschkuchen und Eis."

Cooper steht auf, also tue ich es auch. MacKenzie kichert. Ihre Mutter bringt sie zum Schweigen.

Als wir in die Küche kommen, sagt er: „Das tut mir leid. Sie war schon immer in die Liebe verliebt. Nichts Persönliches."

Er ist wieder nah, und ich strahle von innen. Mein Herz ist nicht bereit, aber mein Körper ist es. „Nein, natürlich würde ich es nie persönlich nehmen. Ich bin sicher, dass es viele Frauen gibt, von denen sie gehofft hat, dass du mit dir zusammenkommen würdest."

„Eigentlich nein."

„Oh!"

„Aber es ist cool oder was auch immer. Wo ist dieser Kuchen?"

Wir greifen gleichzeitig danach. „Entschuldigung", sagen wir auch gleichzeitig.

„Ich hole den Kuchen", sage ich. „Du nimmst das Eis."

Er holt Vanilleeis raus. „Im Laden gekauft, nicht das gute Zeug. Wir sollten gleich noch bei Shane's Scoops vorbeischauen."

„Ich kann nicht zwei Desserts essen."

„Du wirst das hier nie wieder essen können."

„Versuch's."

Er öffnet den Deckel, nimmt einen Löffel und füttert mich. Unsere Blicke begegnen sich.

„Es ist gut", sage ich.

Sein Daumen streift meine Unterlippe. „Aber nicht großartig." Und dann küsst er mich, und das ist besser als großartig. Es ist phänomenal.

„Vergesst nicht extra Servietten!", ruft Hailey.

Wir springen auseinander wie schuldbewusste Teenager.

„Gehen wir hier raus", sagt er.

Ich nicke.

Er nimmt den Kuchen und das Eis und stellt es auf den
Esstisch. Ich folge ihm und frage mich, wie er unseren
Aufbruch erklären will.

„Rowan hat Kopfschmerzen", sagt er. „Ich bringe sie nach
Hause."

„Aww, willst du was dafür mitnehmen?", fragt Hailey.

„Sieh im Medizinschrank nach", sagt MacKenzie.

Finn schmunzelt. Josh hebt die Brauen.

Ich reibe meine Schläfe und versuche, Kopfschmerzen
vorzutäuschen. „Danke, aber ich lege mich lieber hin." Finn
stupst MacKenzie mit dem Ellbogen an. Ihre Augen weiten
sich, als sie versteht. „Und danke für das Abendessen!"

„Bye", sagt Cooper.

Er marschiert zur Tür, und ich muss mich beeilen, um mit
ihm Schritt zu halten. Sobald wir durch die Haustür kommen,
platzen wir vor Lachen.

„Ich glaube, nur deine Mom hat es uns abgekauft",
sage ich.

Er nimmt meine Hand und geht zum Wagen. „Wen interessiert das? Wir haben ein bisschen Spaß verdient."

„Aber nur locker."

„Richtig. Kein Druck. Keine Erwartungen."

„Abgemacht."

Wir lächeln einander an. Ein sprudelndes Gefühl erhebt
sich in mir. Ich bin glücklich. Und ich habe das Gefühl, dass
ich bald ekstatisch sein werde.

Bei all den aufgestauten sexuellen Spannungen zwischen uns erwarte ich eine überstürzte Sache, harte Stöße gegen die Wand oder einen schnellen Sturz ins Bett. Aber als wir in seinem Schlafzimmer ankommen, bleibt Cooper stehen, seine braunen Augen blicken in meine.

Ich lege meine Arme um seinen Hals. „Ich bin bereit."

Sein Blick wandert zu meinem Mund und tiefer zu meinem Hals. Endlich nimmt er meine Wange in seine große Hand und küsst mich. Ein zärtlicher Kuss, der meine Knie weich macht. Seine Hand gleitet in meinen Nacken, während sein anderer Arm sich um meine Taille schlingt und mich hält, während er mich tief küsst. Ich fühle mich fast ... verehrt. Meine Gliedmaßen fühlen sich schwer an.

Er küsst mich, als hätte er die ganze Nacht, weiter und weiter, bis mein ganzer Körper weich wird. Ein langsamer Brand des Begehrens.

Sein Mund wandert zu meinem Kiefer, zu der empfindlichen Stelle unter meinem Ohr. Ich keuche. Ich war noch nie so empfindlich. Ich ziehe ihm das Hemd aus der Hose und schiebe meine Hände darunter. Ich schwelge in den warmen, muskulösen Ebenen seines Rückens. Plötzlich brauche ich mehr. Haut auf Haut.

Sein Atem strömt heiß über mein Ohr, als er flüstert: „Ich will dich so sehr."

Ich nehme seinen Kopf und küsse ihn leidenschaftlich. Ich bin bereit für den sexy Teil. Noch nie war ich mehr bereit. Der Kuss wird drängend und lässt mich brennen. Seine Finger graben sich in mein Haar, seine andere Hand liegt unten an meinem Rücken und drückt mich fest an seinen harten Körper.

Er bewegt sich zu meinem Hals, heiße Küsse regnen daran herunter bis zu meinem Schlüsselbein, seine Zunge zeichnet die Kuhle zwischen meinen Schlüsselbeinen nach. Mein Puls rast.

Ich trete zurück, ziehe meinen Pullover aus und lasse ihn auf den Boden fallen. Sein Blick wird hungrig und nimmt mich auf: Dann nimmt er mein Gesicht in seine Hände und küsst mich wieder. Diesmal dringender, fordernder. Schließlich fangen seine Hände an zu wandern und laufen an meinen Seiten hoch bis zu meinem Rücken, wo er gekonnt meinen BH öffnet. Jetzt werde ich ein schnelles Mal erleben.

Er greift nach seinem Hemd und zieht es sich über den Kopf. Whoa. Ich glaube nicht, dass ich jemals einen so tollen sexy Mann im wahren Leben gesehen habe. Seine Schultern sind breit, und sein Oberkörper verjüngt sich zu einer schmalen Taille. Brust- und definierte Bauchmuskeln führen zu einem V, das in seiner Jeans endet. Er zieht mich an sich, und das Vergnügen von Haut auf Haut lässt mich schnurren.

Er nimmt meinen Kiefer und beugt sich langsam herunter, um mich zu küssen. Ich habe es nicht mehr eilig und schwelge in dem Tempo, das er vorgibt. Ich falle in den Kuss wie ein sanftes Seufzen, ein schwindelerregender Sturz in tiefere Küsse, die mich zu Brei machen. Er macht langsam, genießt es. Kein Mann hat sich jemals so viel Zeit mit mir genommen.

Er fällt auf die Knie legte eine Hand auf eine Brust und schnippt mit der Zunge über meinen harten Nippel. Ich biege mich durch, suche nach mehr, und er saugt ihn tief ein. Das

Verlangen stürzt durch mich und macht mich schwach vor Lust.

„Cooper", flüstere ich und streichle das weiche Haar in seinem Nacken.

Er schenkt der anderen Brust die gleiche Aufmerksamkeit, und mein Atem wird zu einem Keuchen, das Verlangen steigt.

Ich ziehe ihn hoch und öffne seine Jeans. Er hält meine Hände fest. „Zuerst du."

Er zieht mich langsam aus, sein lustvoller Blick gibt mir das Gefühl, die begehrenswerteste Frau der Welt zu sein. Sein Mund wandert hinab zu meinem Bauch, und dann kniet er sich hin, um mir einen Kuss auf die Scham zu geben. Der Atem rauscht aus meinen Lungen, als mir seine Absicht klar wird.

Seine Hände wandern auf meinen Po, während er mich intim küsst, seine Zunge öffnet mich. *O Gott!* Ich blicke auf seinen dunklen Kopf hinab, seinen heißen Mund, seine Hände fest auf mir. Innerhalb von Minuten stoße ich gegen ihn, Lust überschwemmt mich, verwandelt mich in ein geistloses, pochendes, schmerzendes Bündel des Verlangens. Ich keuche, meine Finger graben sich in sein Haar, und dann trifft es mich hart, eine Explosion der Lust, die mich zum Schreien bringt. Er bleibt bei mir und lässt mich Welle für Welle der reinen Lust ausreiten.

Er steht auf, hebt mich in seine Arme und trägt mich zu seinem Bett. „Du bist so sexy."

Ich seufze. „Du bist der umwerfendste Mann, den ich je kennengelernt habe." Ich versteife mich und will die Worte gleich zurücknehmen. Das hier soll Spaß machen und ungezwungen sein. Kein Druck, keine Erwartungen.

„Danke! Du bist auch umwerfend."

Ich blicke ihm in die Augen, überrascht von der Zärtlichkeit dort. „Du musst das nicht sagen, nur weil ich es gesagt habe. Mir ist klar, dass das hier eine einmalige Sache ist."

Er legt mich auf das Bett und zieht sich die restlichen Sachen aus. „Es ist alles, was wir wollen."

Heilige Scheiße, er ist gut bestückt. Das habe ich nicht erwartet. Mein Mund wird trocken.

„Ich werde vorsichtig sein", sagt er und nimmt ein Kondom vom Nachttisch.

Ich bin sprachlos. Es ist einfach wow. Er ist großartig.

Er reißt die Folienpackung auf und rollt es über. Dann senkt er seinen Körper auf meinen, eine Hand an meinem Gesicht. „Wie fühlst du dich?"

Ich lege meine Arme und Beine um ihn. „Großartig!"

Er lächelt. „Gut." Er bewegt sich, legt sich zwischen meine Beine, während er langsam hineingleitet und mich füllt. Er blickt in meine Augen. Mein Atem stockt, mein Herz rast. Denn dieser Blick ist nicht locker. Dieser Blick ist tief, intim.

Er küsst mich, streicht mir die Haare aus dem Gesicht. In diesem Moment bricht mein Herz auf, ein erschreckender Ansturm von Emotionen, für den ich nicht bereit bin.

Ich hebe die Hüfte. „Mach's hart. Ich brauche das." *Damit ich nicht Sex mit Liebe verwechsle.*

Ich werde mit einem harten Stoß belohnt. Ich schlinge meine Beine höher um ihn, nehme ihn tiefer auf. Seine Finger graben sich in meine Haare, während er an meinem Hals saugt und mit einem langsamen Rein und Raus weitermacht.

„Härter, schneller", dränge ich ihn.

„Langsamer, tiefer", sagt er mit angespannter Stimme und tut genau das. Er schiebt eine Hand unter meinen Po und hält mich fest für ein langsames Vergnügen.

Er blickt mir in die Augen, und ich bin gefangen, ertrinke in allem, was ich für diesen erstaunlichen Mann empfinde. Ich bin zu offen, zu verletzlich und kann kein weiteres gebrochenes Herz überleben.

Ich packe seinen Po und ziehe ihn hart gegen mich.

Und dann klammere ich mich an ihn, als seine Kontrolle endlich nachgibt und er in mich pumpt, sein Atem hart und heiß in der Nähe meines Ohres. *Ja, ja, ja!* Das brauche ich. Einfach zwei Körper, die dem Höhepunkt entgegenrasen. Ich bin verloren in der Empfindung, dem tiefen Druck in meinem Inneren, seiner Hitze und Kraft, seinem Duft, und dann stürze ich in eine mächtige Erlösung, eine Explosion elektrischer Lust, die durch meinen Körper strahlt. Er stöhnt mit einem letzten tiefen Stoß, schaudert und hält dann inne.

Einen langen Moment später rollt er von mir herunter und geht ins Badezimmer, wahrscheinlich um das Kondom zu entsorgen. Ich bin so schlaff und knochenlos, aber ich weiß, ich muss gehen. So funktioniert das bei Freunden mit gewissen Vorzügen, oder? Ich kenne die Regeln nicht. Das habe ich noch nie getan. Muss ich mich verabschieden? Bedanken? Vielleicht eine SMS, sobald ich sicher zu Hause bin und aus der Gefahr raus, mein Herz an ihn zu verlieren.

Er kommt zurück, bevor mir einfällt, was richtig wäre, er lächelt, und ich schmelze dahin. Nein, nicht gut. Ich muss hier raus. Ich rutsche an den Bettrand.

Er sieht mich über meine Schulter an. „Bleib über Nacht."

„Ich glaube nicht, dass Freunde mit gewissen Vorzügen das tun."

Er zieht mich sanft auf die Matratze, damit ich auf dem Rücken liege. „Wir können tun, was immer wir wollen. Keine Regeln, kein Druck, keine Erwartungen."

„Nun, wir sollten wenigstens eine Regel haben, wie, dass Sex nur eine einmalige umwerfende Sache ist."

Er streicht mir die Haare aus dem Gesicht. „Wenn du über Nacht bleibst, kann es mehr als einmal sein, aber es wird immer noch als ein Mal zählen, da du nicht gegangen bist."

Ich gebe nach und lege meine Arme um seinen Hals. „Du bist brillant."

Er küsst mich zärtlich, legt die Decke über mich und schiebt mich so, dass wir in Löffelchenstellung liegen. Ich liebe die Löffelchenstellung. Ich hatte bislang kaum Gelegenheit, darin zu schwelgen. Ich habe das Gefühl, er könnte das stundenlang tun. Langsam und entspannt, genau wie seine Persönlichkeit.

Die Hitze seines Körpers entspannt mich. Ich schließe die Augen, mein Körper erschlafft. Ich schlafe fast, als ich ihn flüstern höre: „Ich mag dich zu sehr."

Mein Herz zieht sich zusammen, weil ich das Gleiche

fühle. Ich tue so, als würde ich schlafen, nicht bereit, dorthin zu gehen.

Cooper

Am nächsten Morgen wache ich erholt und quicklebendig auf. Ich blicke auf Rowan hinunter, die noch schläft. Sie sieht wie ein Engel aus. Ich küsse ihre Schläfe und stehe aus dem Bett auf. Wir haben uns letzte Nacht wach gehalten. Ich muss sie bald wecken, damit sie zur Arbeit kann. Ich habe mir gesagt, ich solle Abstand halten, aber ich kann nicht anders. Ich stehe so auf sie. Hoffentlich hat sie gestern Abend mein Geständnis nicht gehört. Wir haben uns auf leicht und locker geeinigt. Sie ist noch nicht bereit, und ich muss sicher sein, dass sie sich für mich entscheidet, nicht weil ich ihr helfe, sondern für mich.

Ich entschließe mich, sie mit einem Frühstück vom Something's Brewing Café zu überraschen. Nichts ist besser als ihr Kaffee und frisch gebackene Muffins. Ich fahre das kurze Stück zum Café, hole Frühstück und fahre zurück. Die Sonne scheint heller, der Himmel ist blauer. Ich pfeife vor mich hin und halte abrupt inne. Ich bin dabei, mich in sie zu verlieben. Ich weiß, wie sich das anfühlt.

Der einzige Weg, mein Herz zu schützen, ist, ihr Leben so weit zu bringen, dass sie in ein neues Apartment in die City gehen oder bleiben kann, weil sie mich wirklich will. Ihr Gerichtstermin steht in ein paar Wochen bevor. Wenn sie das Maximum von zehntausend Dollar bekommt, kann sie gehen. Damit und mit der Rückgabe ihrer Wohnungsanzahlung könnte sie ihre Hochzeitsschulden bezahlen *und* eine neue Wohnung in der City bekommen. Ich weiß genau, wer dabei helfen kann – Cal Sanders, ihr Dad. Ich habe schon nach ihm gesucht. Er ist ein Unternehmensanwalt, der immer gewinnt. Er könnte ein Gericht für Bagatellfälle niederreißen.

Ich parke vor meinem Haus, suche nach seiner Nummer und rufe an. Ich weiß, sie hat gesagt, sie wolle ihn nicht einbeziehen, aber er ist ihre beste Option – frei und erfahren. Außerdem ist das das Mindeste, was er tun kann, um der Tochter zu helfen, die er praktisch im Stich gelassen hat, nachdem ihre Mom gestorben war.

Das ist meine letzte Rettungsaktion für sie, ich schwöre es. Ich werde ihr später erklären, was ich getan habe. Am Ende wird sie mir danken.

~

Rowan

Ich wache langsam auf, verwirrt darüber, wo ich bin. Die letzte Nacht kehrt in einer Flut von Erinnerungen und Empfindungen zu mir zurück. Cooper und ich konnten die meiste Zeit der Nacht nicht die Finger voneinander lassen. Ich setze mich kerzengerade auf. Wie spät ist es?

Mist! Ich habe zwanzig Minuten, um nach Hause zu kommen, zu duschen und zur Arbeit zu gehen. Ich darf nicht zu spät kommen. Ich bin neu und habe schon die ersten Tage dort versaut. Warum um alles in der Welt habe ich hier über-nachtet? Es hat sich als zu schwierig erwiesen, Cooper zu widerstehen, mit seinem Versprechen, dass eine Nacht nur als ein Mal zählt. Ich sammle meine Klamotten aus dem ganzen Zimmer und ziehe mich schnell an.

Dann stürme ich ins Wohnzimmer, als er zurückkehrt und ein Tablett mit zwei Kaffee zum Mitnehmen und einer Tüte mit wahrscheinlich leckeren Backwaren in der Hand hält. Wenn Freunde mit gewissen Vorzügen so sind, hätte ich es schon längst ausprobieren sollen.

„Guten Morgen", sagt er. „Ich habe dir den besten Kaffee der Welt gebracht und eine Auswahl an Heidelbeer- oder Schokoladenmuffins."

Meine Kehle zieht sich zusammen. Er ist aufmerksam, süß und ein sehr großzügiger Liebhaber. Ich spüre ein Kribbeln, wenn ich nur an die letzte Nacht denke. „Danke! Schokolade. Aber ich werde das wohl mitnehmen müssen. Ich bin so spät dran."

Er schenkt mir ein sanftes Lächeln, das mein Herz schmelzen lässt. „Kein Problem." Er nimmt seinen Muffin heraus und reicht mir die Tüte und meinen Kaffee. Unsere Finger streifen sich bei dem Austausch und senden Hitze durch mich.

Ich sehe in seine warmen braunen Augen, und alle Vernunft fliegt zum Fenster hinaus. „Freunde mit gewissen Vorzügen – das kann doch auch mehr als einmal sein, oder?"

Er berührt meine Wange und küsst mich, bevor er mir in die Augen blickt. „Es kann alles sein, was wir wollen."

Mein ganzer Körper will sich gegen ihn wiegen, um wieder mit ihm zu verschmelzen. Wenn ich keinen Kaffee und einen Muffin in der Hand hielte, würde ich ihm die Klamotten runterreißen.

Ich mache einen Schritt zurück, besorgt darüber, wie stark die Anziehungskraft ist, wie sehr ich mich danach sehne, zu bleiben.

Das ist okay. Es ist nur Sex mit einem Freund, richtig? Nichts, wovor man Angst haben muss.

Ich drehe mich um und eile zur Tür hinaus.

13

———

Ich renne mit meinem Frühstück zur Arbeit und schaffe es gerade dorthin, als Hailey die Eingangstür öffnet. Oh, Gott sei Dank!

„Guten Morgen!", ruft sie fröhlich.

„Guten Morgen."

„Oh, anscheinend bist du beim Something's Brewing Café vorbeigefahren. Sie sind die Besten. Wenn du im Winter hier bist, musst du den heißen Kakao mit selbstgemachten Marshmallows probieren. Dafür könnte ich sterben."

Ich folge ihr hinein. „Das klingt toll." Ein Teil von mir will bleiben. Der vernünftigere Teil sagt, wenn ich bliebe, würde ich mich zu sehr auf Cooper einlassen. Mein Herz ist nicht bereit für eine weitere Zerstörung.

„Was hast du dir geholt?"

Ich gehe zu meinem Schreibtisch und lege das Frühstück dort ab. „Chocolate-Chip Muffins."

„Das war immer Coopers Favorit."

Ich habe sein Lieblingsmuffin genommen. Jetzt ist er auf der gesunden Heidelbeere sitzen geblieben. Noch eine süße Geste, zusätzlich zu einer schon süßen Geste. Ich seufze verträumt und trinke einen Schluck von einem außergewöhnlichen Milchkaffee.

Ich fahre den Laptop hoch und bereite mich darauf vor, in das Marketing für Weihnachten und Silvester einzutauchen.

„Ich muss sagen, Rowan, du siehst aus, als würdest du glühen. Hast du gute Neuigkeiten über die Anzahlung für deine Mietwohnung?"

Meine Wangen brennen. *Ach, ich hatte nur die ganze Nacht wilden Sex mit deinem Sohn.* „Noch nicht. Ich erwarte es in zweieinhalb Wochen zurück."

Sie lächelt süßlich. „Dann musst du einfach glücklich sein. Gewöhnst dich an unsere wunderbare Stadt."

„Das muss es sein." Mein Handy vibriert mit einer Nachricht. Ich sehe hinunter und stelle fest, dass sie von Cooper ist. Ich drehe das Handy um.

Zeit zu arbeiten. Ich muss fleißig und effizient aussehen.

Hailey steht auf. „Weißt du, dein Kaffee riecht so gut, ich glaube, ich werde mir auch einen holen."

„Oh, lass mich. Ich bin doch deine Assistentin."

„Vielen Dank, Rowan. Ich nehme den Haselnuss Latte."

Ich nicke, stecke das Handy in meine Handtasche und gehe mit meinem eigenen Kaffee in der Hand hinaus. Sobald ich auf der vorderen Veranda bin, werfe ich doch einen Blick auf mein Handy.

Cooper: *Am Mittwoch hab' ich frei. Komm vorbei, wenn du Feierabend hast.*

Das ist in drei Tagen. Nicht zu lange, um zu warten, nicht so intensiv, wie wenn wir uns schon am nächsten Tag wiedersehen würden. Ich lächele und schreibe zurück: *Bis dann also.*

Hat Cooper diese Freunde-mit-gewissen-Vorzügen-Sache schon mal gemacht? Er ist sehr gut darin.

Cooper

Rowan taucht am Mittwoch kurz nach fünf vor meiner Tür auf. Sie muss direkt von der Arbeit hierhergekommen sein. Ihre blauen Augen sehen lustvoll aus, als sie mich betrachtet. Ich werde sofort hart. *Mal ganz langsam. Du willst ihr doch keine Angst einjagen.*

„Hast du Hunger?", frage ich.

Sie schlingt ihre Arme um meinen Hals. „Nur auf dich."

Ich hebe sie hoch, trete die Tür zu und trage sie ins Schlafzimmer. Wir können danach noch was essen. Die Dame will es so, und ich will sie zufriedenstellen.

Sie zieht sich aus. „Ich habe die letzten Tage an nichts anderes denken können. Freunde mit gewissen Vorzügen ist der Hammer."

Meine Kehle wird trocken. Jetzt bin ich derjenige, der sie mit lustvollen Augen ansieht, von ihren festen Brüsten bis hin zu den sanften Kurven und der Schwellung ihrer Hüften. Unglaublich sexy.

Sie nimmt mein Hemd und zieht es mir aus. Ich helfe ihr. Sie greift nach meiner Jeans, doch ich schiebe ihre Hände weg und mache es selbst. Ich muss mich vorsichtig daraus befreien, mit der Beule, die ich da habe.

„Nimm mich gegen die Wand", sagt sie. „Das habe ich noch nie getan."

„Ach ja? Wir können tun, was immer du willst."

„Ich werde einige Positionen für uns googeln müssen."

Ich verkneife mir ein Lachen. „Oder wir könnten einfach Spaß haben und sehen, was passiert."

„Ich gebe dir auch alles, was du insgeheim begehrst."

Die Worte brechen meine Kontrolle. Ich nähere mich ihr, lege einen Arm um ihre Taille und dränge sie an die Wand. Plötzlich bin ich gierig auf sie. Der Puls trommelt durch meine Venen.

Ich verschränke meine Finger mit ihren und halte ihre Hände an die Wand. Ihr Atem wird angestrengter, ihre Pupillen weiten sich. Ich will sie mehr, als ich jemals jemanden in meinem Leben gewollt habe.

„Küss mich", flüstert sie.

Ich nehme ihren Mund in einem leidenschaftlichen Kuss, anspruchsvoll und gründlich, presse meinen Körper gegen ihre Weichheit. Ich verlagere das Gewicht, um mit offenem

Mund die Seite ihres Halses zu küssen, und lasse meine Zähne über sie kratzen. Sie erbebt. Ich bewege mich tiefer, küsse mich an ihrem Schlüsselbein entlang zu der empfindlichen Kuhle an ihrem Hals, wo ihr Puls so schnell schlägt.

„Cooper", sagt sie atemlos. Ich liebe es, wie sie meinen Namen sagt.

Ich lasse ihre Hände los und bücke mich, um mich ihrer Brust zu widmen und daran zu saugen. Ihre Finger gleiten in mein Haar, halten mich an ihr. Ich wechsle auf die andere Seite, liebe das Gefühl von ihr, den Duft, alles macht mich an.

Ich schiebe eine Hand zwischen ihre Beine und spüre, dass sie heiß und feucht und bereit ist. *Langsam, langsam. Mach es gut für sie.*

Sie zieht an meinen Schultern. „Jetzt. Nimm mich jetzt."

Ich stelle mich aufrecht hin, will sie gerade hochheben und mich tief in ihr vergraben, als ich mich zu spät an das Kondom erinnere. „Berühre dich, während ich mich für dich bereit mache."

Sie runzelt die Stirn. „Du bist doch schon bereit."

Ich eile zum Nachttisch und rolle das Kondom in Rekordzeit über. Dann marschiere ich zu ihr zurück, während sie auf meine massive Erektion starrt.

„Aber so was von bereit", sagt sie.

Ich hebe sie hoch, und sie schlingt ihre Arme und Beine um mich. Sie passt perfekt zu mir. Sie nimmt meinen Kopf und küsst mich fiebrig. Ich bringe mich in Position und dringe ein Stück weit in sie ein.

„Mehr", verlangt sie.

Ich stoße tief zu, intensive Lust überflutet mich, und ich komme fast sofort. Sie keucht. Ich hebe sie hoch und stoße wieder tief zu.

„Ja", sagt sie. „Ja, ja."

Ich hebe sie wieder hoch und schiebe eine Hand zwischen uns, um ihren Sweet Spot zu streicheln. Sie erbebt um mich herum. So gut, so verdammt gut. Ich mache langsamer, liebkose sie und stoße zu, jeder ihrer Schreie und jedes Keuchen treiben mich weiter.

Ihre Nägel graben sich in meine Schultern. Ich kann sie am Rand zittern spüren. Ich küsse sie grob, schlucke ihre sexy Geräusche, während ich immer und immer wieder in sie fahre. Sie beugt ihre Hüften und nimmt mich in einem Winkel, der uns beide hochgehen lässt. Ich stöhne an ihren Hals, verloren in der Lust.

Ein Moment vergeht mit nichts als dem Geräusch ihres Keuchens.

Ich lehne meine Stirn gegen ihre, Emotionen schleichen sich ein. Ich will, dass sie mir gehört. Sie legt ihren Kopf auf meine Schulter und seufzt zufrieden. Ich brauche etwas Abstand. Nur so kann ich einen großen Fehler vermeiden. Freunde mit gewissen Vorzügen ist das, was sie will. Wir werden sehen, was sie wählt, wenn sie wieder auf voller Höhe in ihrem Leben ist.

Ich hebe ihr Kinn und küsse sie. Sie lächelt verträumt. „Vielen Dank!"

Ich stelle sie auf den Boden zurück und halte sie an den Hüften fest. „Lass uns zum Abendessen ausgehen."

„Wir können nicht in der Öffentlichkeit ausgehen. Die Leute werden denken, wir wären zusammen."

„Warum können Freunde nicht zusammen essen?"

„Ich bin noch nicht lange hier, aber ich habe genug gesehen, um zu wissen, dass Klatsch sich wie ein Lauffeuer durch die Stadt bewegt. Wir müssen das hier geheim halten. Auf diese Weise gibt es keinen Druck und keine Erwartungen."

Ich betrachte ihren Gesichtsausdruck. Will sie wirklich nicht mit mir gesehen werden? „Es ist nicht meine Art herumzuschleichen."

„Bitte? Es wird aufregend sein." Sie hebt ihren Slip auf und zieht ihn wieder an.

„Was ist mit morgen Abend auf der Halloween-Party im Happy Endings? MacKenzie sagte, ihr drei werdet zusammen gehen als die drei blinden Mäuse."

Sie zieht den BH an. Ich will sie, obwohl ich sie gerade erst hatte. Das ist verrückt.

„Was ist damit?", fragt sie.

Ich schnaube. „Willst du so tun, als ob du mich nicht kennst?"

Sie legt ihre Hand an meine Wange und lächelt. „Ich werde so tun, als wüsste ich nicht, was für ein wunderbarer Liebhaber du bist, bis die Luft rein ist und ich wieder mit dir zusammenkommen kann."

„Das klingt okay", murmele ich.

„Lass uns was zu essen holen", sagt sie fröhlich. „Ich kann aber nicht über Nacht bleiben. Letztes Mal bin ich fast zu spät zur Arbeit gekommen."

Ich will fast sagen, dass ich den Wecker stelle, aber dann merke ich, wie sehr ich will, dass sie die Nacht hier verbringt, was überhaupt nicht leicht und locker ist.

„Klar, wie auch immer", sage ich.

„Bist du wütend?"

Ich breite meine Handflächen aus. „Ich habe eine sexy, schöne Frau in meinem Schlafzimmer. Was gibt es da wütend zu sein?"

Ich gehe ins Bad und schließe die Tür lauter, als ich es will. Ich kann nicht glauben, dass ich derjenige bin, der auf eine Beziehung hofft. Eine echte Rollenumkehr hier. Sonst wollen das immer die Frauen von mir. Manchmal empfinde ich genauso, manchmal nicht. Aber Rowan – ich halte inne. Sie hat klargestellt, dass sie nicht bereit ist.

Ich muss nur abwarten. In drei Wochen, nachdem ihr Vater geholfen hat, ihren Fall vor Gericht zu gewinnen, werden wir sehen, wie sehr sie mir wirklich verbunden ist. Oder auch nicht.

~

Rowan

Ich glaube, Cooper ist wegen irgendwas wütend. Dann erinnere ich mich, dass wir keine Beziehung haben, also entspanne ich mich und zieh mich fertig an.

Die Badezimmertür öffnet sich. Er sieht mich an, sammelt seine Klamotten ein und zieht sich an. Jemand sollte eine

Skulptur oder ein Gemälde seines muskulösen, nackten Körpers machen. Ich würde es den ganzen Tag anstarren.

Er kommt auf mich zu und sieht ernst aus. Ich schlucke. Er gibt mir einen schnellen Kuss und tritt einen Schritt zurück. „Du solltest gehen."

Es ist wie ein Spritzer kaltes Wasser ins Gesicht. „Warum?"

„Grenzen. Wir sollten uns nicht zu sehr binden."

Verletzt wende ich mich ab. „Richtig. Locker."

Er wendet mein Gesicht zu seinem zurück. „Darauf hatten wir uns geeinigt."

Ich verziehe das Gesicht. So ruiniert man einen tollen After-Sex-Buzz. Ich dachte, wir holen uns was zu essen und hängen ab. Er kann es nicht abwarten, mich zur Tür rauszuhaben. „Richtig. Wir sehen uns auf der Party."

Ich marschiere zur Tür, öffne sie, und Coopers Hand schießt vor und schließt sie. Ich kann seine Hitze an meinem Rücken spüren. Jedes Nervende prickelt vor Aufregung. Er wird mich bitten zu bleiben.

Seine Stimme ist rau an meinem Ohr. „Du hast deine Handtasche vergessen."

Ich drehe mich um und reiße sie aus seiner Hand. „Danke", bringe ich zwischen zusammengebissenen Zähnen hervor.

Er nickt und geht davon. Nun, ich verstehe Hinweise. Ich reiße die Tür auf und gehe hinaus.

Warum fühlt es sich an, als hätten wir gerade unseren ersten Streit gehabt?

14

„Wir sind so verdammt süß!", ruft MacKenzie und zeigt mir und Harper das Selfie, das wir gerade in unseren drei blinden Mäusekostümen gemacht haben.

„So verdammt heiß, meinst du", sagt Harper. „Geniale Art, ein kleines schwarzes Kleid zu einer Kostümparty zu tragen."

„Du bist sehr kreativ", sage ich. Außerdem tragen wir Mausohrhaarreifen und Sonnenbrillen.

„Ich gebe mir Mühe", sagt MacKenzie.

Es klingelt an der Tür.

„Das müssen noch mehr Kinder für Süßes oder Saures sein. Ich mach' schon", sagt MacKenzie, während sie sich beeilt, die Süßigkeitenschüssel zu holen.

„Wir müssen eine Schüssel Süßigkeiten auf die Veranda stellen, bevor wir gehen", sagt Harper. „Aber erst hole ich mir unsere Lieblingssüßigkeiten für später."

„Eine Frau ganz nach meinem Geschmack!", sage ich.

MacKenzie kommt mit einem Blumenstrauß. „Das war eine Blumenlieferung. Wer bestellt denn Blumen für Halloween? Sie sind nicht einmal schwarz."

Mein Herz rast. Hat Cooper Blumen geschickt, um sich dafür zu entschuldigen, dass er mich nach dem Sex gestern

Abend rausgeworfen hat? Das hätte er nicht tun müssen. Keine Verpflichtungen.

MacKenzie reicht sie Harper. „Sie sind für dich."

„Für mich?" Harper zieht die Karte heraus und öffnet sie. Sie liest sie leise und starrt auf die Blumen.

„Von wem sind sie?", fragt MacKenzie. „Will Oliver eine zweite Chance?"

Bevor ich in der Stadt ankam, hatte Harper vor Kurzem drei Verabredungen mit einem Typen gehabt, den sie online kennengelernt hat, Oliver. Es hatte kein viertes Date gegeben, weil er sie geghostet hat. Sie sagte, seitdem sei er für sie tot.

„Nein", sagt Harper leise.

„Von wem dann?"

Harper geht in die Küche. Wir folgen ihr. Sie füllt eine Vase mit Wasser, nimmt das Papier von den Blumen ab und wirft es zusammen mit der Karte in den Mülleimer unter dem Waschbecken. Dann stellt sie die Blumen in die Vase und ordnet sie an, bevor sie sie in die Mitte des Küchentisches stellt. „Da. Jetzt können wir alle unsere Halloween-Blumen genießen. Lasst uns zur Party gehen."

MacKenzie nimmt den Mülleimer und zieht die Karte heraus. Sie keucht. „Die sind von Nathan!"

„Wer ist nochmal Nathan?", frage ich.

„Er ist mein Geschäftspartner", sagt MacKenzie. „Und er ist auch Harpers Erzrivale."

Eine ungewöhnliche Röte färbt Harpers Wangen. „Er ist kein Erzrivale. Er ist der Freund meines Bruders. Ein alter Freund der Familie. Er ist was auch immer."

„Hör dir das an." MacKenzie liest von der Karte vor. „Ich habe gehört, dass der Weg zum Herzen einer Frau durch Blumen geht" Sie legt die Karte ab. „Nathan muss nach all den Jahren seinen Schritt machen! Was wirst du jetzt tun?"

„Nichts", sagt Harper. „Ich habe einen Freund."

„Nein, hast du nicht", sagt MacKenzie.

„Für die Zwecke des heutigen Abends habe ich einen, sein Name ist Oliver."

MacKenzie schüttelt den Kopf.

Harper hebt eine Hand. „Das ist lächerlich. Warum sollte er die schicken?"

Ich wage es, das Offensichtliche zu sagen: „Er muss auf dich stehen."

Sie verdreht die Augen. „Ich habe ihn bei Shaylas und Owens Verlobungsfeier ignoriert. Kein Wort. Und plötzlich schickt er Blumen?"

„Vielleicht will er einen Neuanfang mit dir", sagt MacKenzie. „Ihr wart beste Freunde, als ihr euch kennengelernt habt."

„Als wir kleine Kinder waren. Das zählt nicht."

MacKenzie zuckt die Schultern. „Gehen wir, und finden wir es heraus."

Harper erstarrt. „Wie wäre es mit Wein, bevor wir gehen?"

MacKenzie wirft mir einen vielsagenden Blick zu. Harper will nicht nur Zeit schinden, sie ist nervös, Nathan zu sehen. Ich kann nicht abwarten, zu sehen, wie es laufen wird.

Ich schwebe praktisch auf dem kurzen Spaziergang um die Ecke zum Happy Endings, vor allem, weil wir uns an einem ausgezeichneten Sauvignon Blanc gütlich getan haben, während Harper sich darüber ausgelassen hat, wie nervtötend Nathan auf jeder Party ist und er jede Party tötet. Für mich fühlt sich alles in der Welt richtig an. Ich mache mir keine Sorgen um die Zukunft. Ich denke nicht an die Vergangenheit. Ich genieße einfach den Moment.

Wir betreten das Happy Endings und finden eine finster dekorierte Bar und ein Restaurant mit Spinnweben in den Ecken und gruseligen Zombies, die von der Decke hängen. Ein DJ lässt „Monster Mash" plärren.

Es gibt eine Menge kostümierter Leute, was es noch schwieriger macht, ein vertrautes Gesicht zu finden. Ich spüre, wie jemand mich anstarrt, drehe mich um und begegne Coopers Augen, wo er hinter der Bar arbeitet. Ich schiebe mir die Sonnenbrille oben auf den Kopf. Er trägt das rote Seidengewand eines Boxers, und der Gürtel ist so weit gelöst, dass er seine wunderschöne Brust freilegt. Begehren schießt durch mich.

Er zwinkert und wendet sich einer Kundin zu, die zufällig ein sexy Häschen ist. Sie beugt sich über die Bar, um ihr Dekolleté zu zeigen.

Das war's? Er hat mir kein Zeichen gemacht, zu ihm zu kommen. Ich verschränke die Arme, angefressen.

Ganz ruhig! Er wird dir nicht seine volle Aufmerksamkeit schenken, wenn er arbeitet. Und es gibt keinen Mangel an Frauen, die mit dem wunderschönen Barkeeper flirten. Ich darf nicht eifersüchtig sein, denn das würde eine Beziehung bedeuten, während wir ausdrücklich zugestimmt haben, Freunde mit gewissen Vorzügen zu sein. Er hat mich nach dem Sex rausgeschmissen. Das sagt mir alles, was ich darüber wissen muss, wo ich stehe.

„Wer ist der Kerl im Grasrock mit dem Tribal-Tattoo am Arm?", fragt Harper. Der Kerl steht mit dem Rücken zu uns. „Das ist jemand, den ich gern fi—nein!"

Ein auffallender Mann mit dunklen Haaren, einem stoppeligen, kantigen Kiefer und Muskeln in Hülle und Fülle wendet sich uns zu. Er trägt einen Grasrock und Sandalen. Mehr nicht. MacKenzie lächelt und winkt. Sie macht einen Schritt nach vorn, als Harper sie zurückzieht.

„Nein", sagt Harper. „Sehen wir uns den hinteren Bereich an."

MacKenzie reißt ihren Arm los. „Du bist albern. Es ist ja nicht so, als ob du Nathan nie wieder sehen wirst. Er arbeitet mit mir zusammen, und er kommt auch zur Hälfte unserer Familienveranstaltungen."

Wow! Nathan sieht aus wie ein Model. Und er hat Blumen geschickt.

Ich drehe mich zu Harper um. „Was ist denn so schlecht an Nathan?"

„Ja, was ist so schlecht an Nathan?", fragt eine tiefe Baritonstimme, als er sich uns anschließt. Von Nahem sind seine Augen ein leuchtendes Blau. Er wirft mir und MacKenzie ein kurzes Hallo zu, bevor er sich fragend Harper zuwendet.

Sie flattert mit einer Hand durch die Luft und lässt sie dann fallen.

MacKenzie starrt sie an und wendet sich dann Nathan zu. „Ich glaube, deine Blumen haben sie sprachlos gemacht."

„Ich brauche einen Drink." Harper wendet sich zum Gehen.

„Ich auch", sagt Nathan.

Harper bleibt stehen und dreht sich zurück. „Ich weiß, was Blumen bedeuten."

„Und was bedeuten sie?", fragt Nathan unschuldig.

MacKenzie macht heimlich ein Foto von ihnen. Sie bemerken es nicht, sind zu beschäftigt damit, sich gegenseitig in die Augen zu starren. Da ist definitiv was zwischen ihnen. Die Anziehung ist spürbar, ebenso wie die Feindseligkeit, obwohl ich glaube, dass sie nur von Harper ausgeht.

Sie hebt ihr Kinn. „Ich hoffe, du weißt, dass das nicht passieren wird. Ich bin mit jemandem zusammen. Oliver bedeutet mir alles."

Nathan runzelt die Stirn. „Oliver. Den Namen höre ich zum ersten Mal."

„Hat sich wohl noch nicht rumgesprochen."

„Hör zu, ich wollte nur Frieden schließen, was auch immer ich getan habe, das dich wütend auf mich gemacht hat."

„Ich bin nicht wütend auf dich."

„Doch, das bist du."

„Nein, bin ich nicht."

Er neigt den Kopf. „Warum habe ich dann das Gefühl, dass du mich als Tod jeder Partei siehst, wenn sich unsere Wege kreuzen?"

Ich unterdrücke ein Lachen. Genau das hat Harper über ihn gesagt.

Harper zuckt mit den Schultern.

Nathan wird wütend. „Um Gottes willen, Harper, wir sind zusammen aufgewachsen. Geht's dabei immer noch um –"

„Wann hast du dir dieses Tattoo machen lassen?", fragt sie schnell.

Er beugt eindrucksvoll seinen Bizeps. „Gefällt es dir?"

Sie kann den Blick nicht davon abwenden. „Ich bin nur neugierig."

„Es ist nicht echt, sollte nur zum Kostüm passen."

Sie setzt einen Schritt zurück. „Natürlich. Das ergibt mehr Sinn. Nichts hat sich geändert." Sie wirbelt herum und läuft geradewegs in mich hinein.

„Au."

„Tut mir leid! Lasst uns jetzt nach hinten gehen."

Sie schießt davon. MacKenzie und ich folgen, aber wir geraten in die Menge, die uns abbremst.

„Das ist also Nathan", sage ich zu MacKenzie.

„Er ist loyal, nicht schlecht anzusehen und klug", sagt MacKenzie. „Natürlich hasst sie ihn."

„Das sah für mich nicht nach Hass aus."

„Diese Blumen haben sie umgehauen. Das Lustige ist, sie hat mir mal gesagt, dass Tattoos nicht sexy sind. Jeder könnte sich eins stechen lassen. Und doch konnte sie den Blick nicht davon abwenden."

„Was hat sie denn so wütend auf ihn gemacht?", frage ich.

„Ich denke, es ist mehr das, was nicht passiert ist. Ich vermute, dass sie sich entweder an ihn rangemacht hat, und er hat sie abblitzen lassen, oder, schlimmer noch, sie haben miteinander geschlafen, und er hat sie danach ignoriert. Sie weigert sich, darüber zu reden."

„Oder sie ist wahnsinnig in ihn verliebt und leistet sich einen Krieg wie deine Eltern."

MacKenzie bricht in Lachen aus. „Richtig. Mom war nicht wahnsinnig in Dad verliebt, als das passierte. Wer weiß, was in Harpers Verstand vor sich geht? Sie ist kompliziert."

„Sind wir das nicht alle?"

Wir kommen auf unserem Weg nach hinten an der Bar vorbei. Cooper ist in ein Gespräch mit einer schönen rothaarigen Frau vertieft, die ein Dienstmädchen-Kostüm trägt. Er bemerkt mich nicht einmal.

„Hi Cooper!", rufe ich. „Schönes Kostüm!"

Er lächelt mich an und plaudert weiter mit der Rothaarigen.

Idiot! Nur weil ich gesagt habe, wir können uns nicht zusammen in der Öffentlichkeit sehen lassen, heißt das nicht, dass wir nicht in der Öffentlichkeit miteinander reden können. Oder vielleicht versucht er nur, die Linie zu respektieren, die ich gezogen habe. Ein Teil von mir will diese Linie verschieben. Nur ein bisschen.

MacKenzie und ich gehen weiter.

„Also, was läuft da zwischen dir und Cooper?", fragt MacKenzie, als wir das Hinterzimmer erreichen.

Ich winke wie wahnsinnig. „Da ist Harper. Wir sollten sie besser retten. Big Foot sieht aus, als wollte er sich an sie ranmachen."

Als wir sie erreichen, führt Harper gerade eine hitzige Debatte über die Existenz von Big Foot mit dem Kerl, der als Big Foot verkleidet ist. Sie sagt, er sei nicht echt, und dieser Kerl glaubt wirklich an ihn. Er zieht sogar sein Handy raus, um ihr Fotos von Big Foot zu zeigen.

Eine alte Frau in einem Flapper-Kostüm beginnt eine Conga-Schlange, und wir werden mitgerissen. Ich lache, als wir uns am Billardtisch und an einer altmodischen Jukebox vorbeibewegen. Sie führt uns aus dem Raum, vorbei an der Bar, und ich schlüpfe davon und setze mich auf einen Barhocker. Jetzt bin ich dran, mit Cooper zu reden. Ausnahmsweise spricht er mit einem Kerl. Ein gutaussehender Typ im Mechanikeranzug, in seinen Zwanzigern, mit braunen Haaren und braunen Augen.

Moment mal. Ich kenne ihn. Das ist der Typ von *Hot Finds*! „Bist du Mason Shaw?"

Er schenkt mir ein langsames, sexy Lächeln. „Sicher. Bist du ein Fan?"

Cooper räuspert sich. „Rowan, das ist mein Cousin Mason. Er ist derjenige, der uns einen Truck geliehen hat, um deine Sachen zu holen."

Ich lächle. „Danke dafür. Es ist so großartig, dich persönlich kennenzulernen. Du bist berühmt oder so."

Mason lacht leise. „Tante Claire ist berühmt. Ich bin Automechaniker."

„Echt originelles Kostüm", sagt Cooper.

Mason stupst seine Schulter an und wendet sich wieder mir zu. „Hey, möchtest du was trinken?"

„Ich mach' schon." Coopers dunkle Augen schwelen in meine. „Ich weiß, was sie mag."

Mason blickt zwischen uns hin und her. „Tut mir leid, Mann. Ich wusste nicht, dass da was zwischen euch ist."

„Ist es", sage ich. „Da ist was zwischen uns."

Cooper lächelt. „Ach ja?"

„Ja."

Er lehnt sich über den Tresen und küsst mich. „Ich habe um Mitternacht frei. Triff mich hier."

„Ach, so ist das", sagt Mason mit einem verstehenden Blick.

Ich starre in Coopers Augen, die Zuneigung bricht durch mich. „Sowas in der Art."

„Zeit für den Kostümwettbewerb", kündigt der DJ an.

„Wo ist unsere dritte blinde Maus?", ruft MacKenzie.

Cooper pfeift, und sie eilt zu uns. Sie sieht zwischen uns hin und her und seufzt. „Cooper!"

„Es ist gut. Keine Sorge, Schwesterchen."

„Komm schon", sagt sie zu mir.

Ich folge ihr für den Kostümwettbewerb in den Hauptbereich. „Was war das mit Cooper?"

„Ich habe ihm gesagt, er solle nichts mit dir anfangen. Nichts Persönliches. Aber die letzte Frau, die er gerettet hat, hat ihn verlassen, sobald er ihr Leben wieder in Ordnung gebracht hatte. Außerdem meinst du es nicht ernst mit ihm, oder? Wie könntest du so kurz nach deiner Hochzeit und dem Zusammenbruch deines Lebens? Er ist ein Lückenbüßer. Und ich möchte nicht, dass er noch einmal verletzt wird."

„Ich möchte auch nicht wieder verletzt werden. Deshalb sind wir ja so vorsichtig."

Sie hebt eine Schulter. „Nun, es ist sein Herzschmerz. Er

ist ein erwachsener Mann. Nichts gegen dich. Es ist nur nicht ideal, weißt du?"

„Ich weiß."

Harper packt unsere Arme und zieht uns in die Schlange, um den Richtern unsere Kostüme zu zeigen. Ich sage mir, ich solle mir keine Sorgen über zukünftigen Herzschmerz machen, denn es ist toll mit Cooper, so wie es ist.

„Sonnenbrille", sagt MacKenzie und stupst mich an.

Ich setze meine Sonnenbrille auf. „Ich werde deinem Bruder nicht wehtun."

„Ich weiß, dass du das nicht absichtlich tun wirst", sagt MacKenzie. „Aber was wird passieren, wenn du deine Anzahlung zurückbekommst und wieder in die City ziehst? Das Leben dort wird dich gefangen nehmen."

Ich sage fast, wir bleiben in Kontakt, aber das kann ich nicht garantieren. Wir sind leicht und locker. Haben nur Spaß.

Ich sehe hinüber zur Bar, wo Cooper mit Mason lacht. Mein Herz schlägt heftiger. Ich kann es kaum erwarten, mehr Spaß zu haben, wenn er Feierabend hat.

Sobald ich in Coopers Auto steige, fallen wir einander in die Arme und wir küssen uns leidenschaftlich. Ich kann nicht genug von ihm bekommen.

Ich löse mich von ihm. „Ich werde dir nicht wehtun. MacKenzie hat Angst, dass ich das tun werde, aber ich werde vorsichtig sein."

„Meine Schwester muss sich um ihre eigenen Angelegenheiten kümmern."

„Solange wir zu hundert Prozent ehrlich zueinander sind, wird niemand verletzt. Wie wenn du mit einer der Frauen ausgehen willst, die du an der Bar triffst, wie dem Hausmädchen oder dem Häschen, dann ist das okay. Sag es mir nur einfach."

Er streicht mir die Haare zurück, einen amüsierten Blick im Gesicht. „Rowan, ich will weder ein Dienstmädchen noch ein Häschen. Du weißt, dass ich mit Trinkgeld Geld verdiene, oder? Ich bin zu allen freundlich."

„Richtig, richtig. Aber wenn du doch mit jemand anderem zusammen sein willst, lass es mich wissen, keine schlechten Gefühle."

„Ich will nicht, dass du mit jemand anderem zusammen bist. Ich will dich für mich allein."

„Ich möchte mit niemanden sonst zusammen sein. Ich habe nur eine Ausnahme für dich gemacht, weil du so ..."

„Sexy?" Er beugt beide Arme. „Stark?" Er zwinkert. „Charmant?"

„Gut. Weil du so gut bist."

Er wirft seinen Kopf dramatisch zurück. „Nicht das Guter-Typ-Etikett. Das ist der Typ, den du in die ‚Freunde'-Kategorie steckst."

Ich reibe die Brust unter seinem Boxergewand. „Du bist der sexyste Freund, den ich je hatte. Können wir jetzt bitte zu dir fahren, damit ich dir zeigen kann, was ich mit meinem sexy Freund mache?"

Er lässt den Motor an und fährt vom Parkplatz. „Ich mag deinen Stil."

„Ich mag dich. Sehr."

Er sieht mich an, und die Andeutung eines Lächelns zupft an seinen Lippen. „Ja?"

Ich nicke.

Er nimmt meine Hand und verflicht unsere Finger miteinander. Ich bin glücklich. Ich bin wirklich glücklich. Solange ich nicht an die Zukunft denke, kann ich mich an Coopers Magie erfreuen.

15

———

Cooper

Drei Wochen vergehen in einer Mischung aus sexy Zeiten und viel Lachen. Darf ich sagen, dass Rowan glücklich ist? Ich weiß, dass ich es jedenfalls bin. Wir verbringen jeden Sonntag zusammen, den ganzen Tag und die Nacht. Sie nimmt regelmäßig am sonntäglichen Familienessen teil. Alle lieben sie. Mittwochabends essen wir bei mir, und sie bleibt über Nacht. Wenn ich arbeite, kommt sie in ihrer Mittagspause, um mit mir in der Küche zu essen.

Ich kann meine Gefühle nicht länger leugnen, aber ich behalte es für mich. Morgen geht Rowan vor Gericht. Wenn sie gewinnt, wie ich glaube, dass sie es mit Hilfe ihres Dads tun wird, dann weiß ich, ob sie mich oder ihr altes Leben wählt.

Mein Blick kollidiert mit ihrem, sobald sie das Happy Endings betritt. Sie hat gerade Feierabend gemacht. Sie strahlt mich an, und mein Herz schlägt kräftiger.

Sie kommt zur Bar, beugt sich darüber und küsst mich. Sie ist nicht besorgt, dass die Leute von uns wissen. Ein gutes Zeichen.

„Wie war's heute in der Liebeszentrale?", frage ich.

„Ziemlich gut. Ich habe das Gefühl, jetzt wirklich einen Beitrag zu leisten, weißt du?"

Ich neige den Kopf. „Da bin ich mir sicher. Du glaubst also, vielleicht dauerhaft dort bleiben zu wollen?"

„Ich bin nicht sicher. Die Sache ist, das Online-Marketing und die sozialen Medien gefallen mir am besten. Vielleicht sollte ich das also lieber mit meinem eigenen Unternehmen tun, und Love Junkies könnten einer meiner Kunden sein."

„Und du arbeitest von Clover Park aus?"

„Nun, ich nehme an, das ist eine Möglichkeit bei ortsunabhängiger Arbeit, aber da ich bei null anfange, würde ich wahrscheinlich mehr Glück haben, große Kunden zu gewinnen, wenn ich in der City networken würde. Ich habe meine Anzahlung für die Wohnung zurückbekommen, also könnte ich jetzt wieder umziehen."

„Okay."

„Aber die Feiertage stehen vor der Tür. Es ist vielleicht nicht der beste Zeitpunkt, um umzuziehen, weißt du?"

Hoffnung schleicht sich ein. „Klar. Thanksgiving, Weihnachten, Neujahr."

„Ich habe MacKenzie und Harper gefragt, ob ich bis Ende November bleiben könnte, da ich zum Thanksgiving deiner Familie gehe. Sie sagten, ich kann so lange bleiben, wie ich will."

Ich nehme ihre Hand. „Klingt, als hättest du hier deinen Platz gefunden."

„Ich fühle mich wohl, aber gebe ich größere Chancen in der City auf?"

„Bist du glücklich?"

Sie denkt darüber nach und lächelte dann. „Das bin ich." Sie lacht. „Wenn du mir vor sechs Wochen gesagt hättest, dass ich glücklich wäre, in einer kleinen Stadt zu leben, für eine Hochzeitsplanerin zu arbeiten und einen Kerl zu daten, der in einem Lokal namens Happy Endings arbeitet, hätte ich dich für verrückt gehalten."

Ich küsse ihre Handfläche. „Also daten wir jetzt? Sind wir über Freunde mit gewissen Vorzügen hinaus?"

„Ich denke, wir wissen beide, dass wir schon darüber hinaus sind."

„Woran merkst du das?"

Sie beugt sich zu mir und flüstert: „Weil ich dich vermisse, wenn ich nicht bei dir sein kann."

„Das ist ein guter Grund." Ich küsse sie. „Ich dich auch."

Rowan

Ich sitze auf der Bank vor dem Gerichtssaal und gehe noch einmal durch, was ich sagen werde. Ich habe ein gutes Gefühl, was meine Chancen da drin angeht. Ich habe ein Foto von Mom gefunden, auf dem sie den Schmuck trägt, und ich habe eine Quittung für meinen Laptop und die Kopfhörer mit Geräuschminimierung. Ich bin mir nicht sicher, was der Schmuck wert ist, aber eine Perlenkette und Diamantohrringe müssen doch was wert sein. Dad hat sie ihr zu Weihnachten geschenkt. Er hatte das Geld, um was Nettes zu kaufen.

Ich höre meinen Namen. Ich bin dran, den Gerichtssaal zu betreten. Die Nerven schwirren durch mich, während ich hineingehe und mich relativ weit nach vorn setze und darauf warte, vor die Richterin gerufen zu werden. Nur eine Handvoll Leute sind hier drin. Ich schätze, sie hören mehrere Fälle an einem Tag.

Die Tür bricht hinten im Gerichtssaal auf. Ein Mann in einem marineblauen Anzug marschiert den Gang entlang, als gehörte ihm der Laden. Er ist in seinen Fünfzigern, grau melierte Haare. *Dad? Was macht er denn hier?*

Er nickt der Richterin zu, setzt sich neben mich und flüstert: „Ich bin hier, um dich zu vertreten."

„Woher weißt du, dass ich hier bin?"

„Dein Freund Cooper Campbell hat mich angerufen."

Ich knirsche mit den Zähnen. Die ganze Zeit, die ich mit Cooper verbracht habe, und er hat nicht daran gedacht, mir zu erzählen, dass er hinter meinem Rücken meinen Dad angerufen hat? Ich habe ihm gesagt, dass Dad und ich nicht gut miteinander können. Wie konnte er das tun?

Er dachte wahrscheinlich, er würde mich noch einmal

retten. Und wissen Sie was? Ich war vorher am Boden, aber ich bin wieder aufgestanden. Verdammt! Ich habe meine Gefühle für ihn mein Urteilsvermögen trüben lassen. Ich habe es mir in der Stadt bequem gemacht mit ihm, mit seiner Familie.

Ich kann es nicht fassen, dass er das getan hat!

Dann, zu meinem weiteren Entsetzen, kommt Dave rein, lässig gekleidet. Ich war mir sicher, dass er nicht kommen und diesen Fall weiter in die Länge ziehen würde. Er hebt eine Hand zu einem kleinen Winken. Ich blicke nach vorn.

Ein Mann auf der anderen Seite der Reihe wird aufgerufen, um seinen Fall vorzutragen.

Dad holt einen Ordner aus seiner Aktentasche. „Das ist das erste Mal, dass ich pro bono arbeite."

Ich halte meine Stimme leise, aber in mir brodelt es. „Pro bono? Ich bin also ein Wohltätigkeitsfall."

„Semantik."

„Ich brauche deine Hilfe nicht. Sie sagten mir, ich könne mich selbst vertreten. Der Typ da macht das auch." Ich deute auf den Kerl vorn.

Dad macht sich nicht die Mühe, darauf zu antworten. Er war nie ein großer Redner, außer es war für die Arbeit.

„Ich sage der Richterin, dass du mich nicht vertrittst", sage ich.

„Sei nicht albern. Ich besorge dir den vollen Betrag. Ich habe die originalen Quittungen für den Schmuck mitgebracht. Es geht allein um den Wert."

Ich presse meine Lippen zu einer flachen Linie zusammen. Ein Teil von mir will ihn rausschmeißen, ein Teil von mir sagt, ich solle den Mann tun lassen, was er am besten kann. „Gut."

Nach einem schnellen Urteil über zweihundert Dollar für den Kerl vor mir wegen einer überfälligen Kabelrechnung bin ich dran.

Ich gehe zum Mikrofon. Dad kommt zu mir. Seltsamerweise macht es mich sicherer, einen Anwalt an meiner Seite zu haben, auch wenn es der Mann ist, mit dem ich eine komplizierte Beziehung habe.

Ich trage meinen Fall vor und dass Dad mich vertritt. „Ich habe Quittungen für den gestohlenen Laptop und die Kopfhörer. Mein ehemaliger Verlobter, David Phillips, hat zugegeben, dass er sie nach unserer Trennung verpfändet hat."

Dad zieht das Mikrofon zu sich. „Euer Ehren, ich möchte Ihnen Quittungen über den Wert des gestohlenen Schmucks vorlegen."

Dave lässt den Kopf hängen. Er wollte wahrscheinlich behaupten, dass der Schmuck nichts wert war.

Aber als Dave an der Reihe ist, sich zu verteidigen, sagt er: „Ich habe ihr Zeug nie angefasst."

Ich erzähle der Richterin die ganze Geschichte über das, was er getan hat, Dad toppt es mit einem Präzedenzfall über einen häuslichen Streit, von dem ich noch nie gehört habe, und die Richterin schlägt ihren Hammer.

Sie wirft Dave einen harten Blick zu. „Zivilgeldstrafe für David Phillips über das Maximum von zehntausend Dollar. Ein Vollzugsbeamter wird Ihnen zugewiesen. Wenden Sie sich auf dem Weg nach draußen an den Gerichtsdiener."

Dave schleicht davon.

„Ja", sage ich leise. Ich will es schreien, aber wir sind in einem Gerichtssaal. Ich wende mich Dad zu. Mein Impuls ist, ihn zu umarmen, weil er die Quittungen verwahrt und mir heute geholfen hat. Aber ich kann nicht. Das ist derselbe Mann, der mir nur Moms Schmuck überlassen hat.

Er nickt mir kurz zu. „Herzlichen Glückwunsch!"

„Vielen Dank!"

Wir gehen den Gang hinunter und nach draußen. Ich erwarte von ihm, dass er zur Arbeit eilt, aber er sagt: „Rowan, können wir kurz draußen reden?" Er klingt unsicher, als hätte er Angst, dass ich ihn zurückweisen werde.

„Okay."

Ein paar Minuten später sind wir draußen. Auf dem Platz vor dem Gebäude gibt es einen Brunnen, und wir gehen zu ihm.

Dad legt die Hände vor sich ineinander. „Dein Freund Cooper hätte einen guten Anwalt abgegeben. Er hat seine

Punkte klar dargelegt, mit genau dem, was ich seiner Meinung nach tun sollte, um die Dinge mit dir in Ordnung zu bringen."

Ich schüttle den Kopf. „Er hatte kein Recht dazu. Ich habe ihn nicht gebeten, irgendwas davon zu tun."

Dad hält meinen Blick, seine blauen Augen meinen eigenen so ähnlich. „Ich wollte dich nicht im Stich lassen, als ich dich weggeschickt habe, um bei deiner Großmutter zu leben. Ich dachte, ich hätte getan, was das Beste für dich war. Du brauchtest eine Frau in deinem Leben ..." Seine Stimme bricht. Meine Augen weiten sich. Ich habe ihn noch nie emotional gesehen. Selbst bei Moms Beerdigung hat er einen stoischen Ausdruck bewahrt. „Ich war von Trauer verzehrt und habe mich in die Arbeit gestürzt. Erfolg war ein einsamer, harter Weg. Ich bedauere es, besonders, wenn es um dich geht."

„O mein Gott, stirbst du?"

„Nein, ich versuche nur zu sagen, dass ich mich mehr hätte bemühen sollen, mit dir in Verbindung zu treten, und es tut mir leid, dass ich dich verlassen habe. Du hast genauso getrauert wie ich."

Meine Kehle schnürt sich zu. Es ist die Entschuldigung, von der ich gedacht hatte, ich würde sie nie bekommen. „Ich weiß nicht, was ich sagen soll."

„Ich würde jetzt gern mehr Zeit mit dir verbringen, wenn es nicht zu spät ist."

Tränen brennen in meinen Augen. „Ach, Dad, es ist nicht zu spät."

Er öffnet mir die Arme, und ich umarme ihn.

Wir lösen uns voneinander. Er wischt sich die Tränen aus den Augen. Wow! Das muss schwer für ihn gewesen sein, das zu sagen. Er räuspert sich, als wäre es ihm peinlich. „Ich werde einen Privatdetektiv engagieren, der deinen Schmuck aufspürt. Das ist dein Erbe."

„Danke, Dad."

Einen Moment lang stehen wir unbehaglich da.

„Möchtest du mit mir zu Mittag essen?", fragt er. „Ich lade dich ein."

Ich lächle. „Natürlich."

Wir gehen gemeinsam die Straße entlang zu einem neuen Anfang.

Auf der Zugfahrt nach Hause denke ich über die nächsten Schritte nach. Ich habe die Anzahlung für meine Wohnung zurück, und das Geld, das Dave mir schuldet, wird mir irgendwann zugutekommen. Dad hat mir gesagt, dass es Wege gibt, um sicherzustellen, dass ich das Geld bekomme, und er bleibt dran. Also habe ich jetzt Optionen. Ich muss nicht in Clover Park bleiben, für Hailey arbeiten, bei MacKenzie und Harper leben, Cooper sehen. Verdammt, Cooper, warum musstest du die Dinge so kompliziert machen?

Ich habe mich in ihn verliebt, obwohl ich mein Bestes gegeben habe, nicht hineingesaugt zu werden, und dann musste er hinter meinem Rücken Dad mit reinziehen. Wie kann ich Cooper vertrauen, dass er sowas nicht noch einmal macht? Er wird denken, dass er hilft, aber in Wirklichkeit behandelt er mich wie eine Frau, die gerettet werden muss. Es spielt keine Rolle, dass es mit Dad geklappt hat. Cooper hat mein Vertrauen verletzt.

Ist es Zeit, dass ich Clover Park verlasse? Meine Gedanken springen zu Erinnerungen an meine Zeit dort: Abendessen mit MacKenzie und Harper, wie wir unsere Lieblings-Krimi-serie gesehen und den Bildschirm angebrüllt haben, der kleine Felix, der immer in meinem Schoß sein will. Shane's Scoops mit dem besten Eis im Bundesstaat. Hailey mit ihrer warmherzigen, lebendigen Persönlichkeit, die meine Bemü-hungen anfeuert und mich zum Sonntagsessen einlädt.

Ich liebe es, mit ihr zusammenzuarbeiten. Ich habe ernst-haft darüber nachgedacht, sie zu fragen, ob ich dort einen festen Job bekommen könnte. Es sieht so aus, als ob es Platz für mich gibt, um zu wachsen. Vielleicht sogar eines Tages eine gleichberechtigte Partnerin im Geschäft zu werden.

Und dann ist da noch Cooper. Der wunderbare Cooper, der alles war, wovon ich nicht gewusst hatte, dass ich es wollte. Aber er hat die Grenze überschritten. So richtig.

Wenn ich Cooper verlasse, verschwindet auch der Rest. Sie sind seine Familie; sie werden sich auf seine Seite stellen.

Ich atme kräftig aus. Ich muss tun, was auf lange Sicht das Beste für mich ist.

16

Cooper

Mein Herz sackt tiefer. „Was meinst du damit, dass du mit mir Schluss machst?"

Rowan und ich sind für dieses private Gespräch im Hinterzimmer vom Happy Endings. Sie ist mit einem ernsten Ausdruck in die Bar gekommen, und ich wusste sofort, dass es keine guten Nachrichten sein konnten. Ich dachte, sie hätte den Fall vielleicht verloren, aber sie hat gewonnen. Alles hat geklappt, aber sie lässt mich fallen.

Ihr Kinn hebt sich. Sie steht in dem kleinen Raum nahe bei mir, aber sie hat sich nie weiter entfernt angefühlt. „Ich meine, ich kann dir nicht mehr vertrauen, also ist es vorbei."

Ich setze mich auf den Rand des Schreibtisch und deute auf den Platz neben mir. „Lass uns darüber reden. Sag mir, warum du mir nicht trauen kannst." Ich greife hier nach Strohhalmen, denn obwohl ich wusste, dass ein Sieg in dem Fall ihr die Möglichkeit verschaffen würde, zu gehen, hatte ich nicht durchdacht, wie schwer es sein würde, wenn sie das täte. Mein Magen brennt.

Sie bleibt stehen. „Du hast hinter meinem Rücken meinen Dad angerufen, obwohl du wusstest, dass er mich verlassen hat und wir keine Beziehung zueinander haben, und hast ihn dazu gebracht, mich heute zu vertreten."

„Aber du hast gewonnen. Ist das nicht das Wichtigste?"

„Warum hast du mir das nicht erzählt?"

Ich werfe meine Hände in die Höhe. „Weil ich wusste, dass du ihm absagen würdest, und ich wollte, dass du gewinnst."

Sie schüttelt den Kopf. „Ich habe dir vertraut, und du weißt, wie schwer das für mich nach Dave ist."

„Du kannst mir immer noch vertrauen, ich schwöre es."

„Richtig. Genau wie ich Dave vertraut habe, und man sieht ja, wie toll das am Ende war. Ich wusste, dass es ein Fehler war, mich so schnell mit jemandem einzulassen."

„Das Timing war nicht toll, aber was wir haben, ist real."

Sie schweigt einen langen, schmerzhaften Moment. „Ich bekomme die vollständige Zahlung von zehntausend Dollar. Dad und ich haben zusammen zu Mittag gegessen –"

„Das ist großartig!"

„Aber nichts davon ist für die Sache zwischen dir und mir wichtig. Ich will mir nicht ständig Gedanken darüber machen müssen, was du hinter meinem Rücken machst."

Ich schlucke schwer. „Heißt das, du verlässt Clover Park?"

„Ich muss, nicht wahr? Ich kenne jeden hier nur deinetwegen. Deine Familie wird mich nicht mehr um sich haben wollen, wenn sie wissen, dass du und ich nicht mehr zusammen sind."

„Sie werden dich genauso behandeln wie vorher. Sie mögen dich deinetwegen. Wirf dein Leben hier nicht über den Haufen, weil du sauer auf mich bist."

„Ich bin nicht sauer, es tut weh." Sie sieht zur Decke und blinzelt. „Du hast mein bereits angeknackstes Herz gebrochen."

Ich greife nach ihr. „Rowan, es tut mir leid."

Sie reißt sich los, schüttelte den Kopf. „Bye." Sie schlüpft zur Tür hinaus.

Ich bleibe für einen langen, niederschmetternden Moment da sitzen. Rowan hat genau das getan, was Brianna mir angetan hat. Ich habe ihr Leben in Ordnung gebracht, und sie hat mich verlassen. Ich hätte es besser wissen müssen.

Ich reibe mir eine Hand über das Gesicht. Verdammt nochmal. Ich vermisse Rowan jetzt schon.

Rowan

Es ist an der Zeit, mein Leben von Cooper zu lösen. Ich gehe zum Ludbury House und finde Hailey in ihrem Büro.

„Hi, Hailey."

Sie springt auf. „Hi! Ich habe nicht erwartet, dass du heute kommen würdest. Wie ist es vor Gericht gelaufen?"

„Ich habe gewonnen."

„Das ist großartig!" Sie tritt näher, mustert meinen Gesichtsausdruck. „Warum siehst du dann nicht glücklich aus?"

Ein Kloß von Emotionen verschließt meinen Hals. „Ich, ähm, schätze, es war ein stressiger Tag. Ich habe den vollen Betrag gewonnen, das Beste, was ich mir erhofft hatte. Ich gebe dir eine große Zahlung für meine Hochzeit."

„Wir können unseren Zahlungsplan einhalten. Du wirst das Geld brauchen."

„Und ich muss kündigen."

„Warum?"

„Weil ich zurück in die City gehe."

„Hast du einen neuen Job?"

„Nein."

„Ist was mit Cooper passiert?"

Mein Gesicht verzieht sich. „Ich muss gehen."

„Süße, ich sehe, dass du niedergeschlagen bist. Bleib und rede darüber. Ich bin mir sicher, dass wir gemeinsam eine Lösung finden können."

„Du bist seine Mom. Du kannst nicht objektiv sein."

„Okay, du musst nicht mit mir reden. Wie wäre es mit MacKenzie?"

„Seiner Schwester?"

„Harper."

Ich stoße einen Atemzug aus. „Diese Stadt ist voller

Menschen, die entweder mit Cooper verwandt sind oder Freunde oder anbetende Fans."

„Was meinst du mit anbetenden Fans?"

Ich wedele kurz mit der Hand. „Du weißt schon, all die anderen Frauen, die er gerettet hat, die ständig in die Bar kommen und sich an ihn ranschmeißen."

„Rowan, er ist verliebt in dich. Ich kenne meinen Sohn. Er war noch nie so glücklich."

Ich starre sie einen Moment lang überrascht an. Verliebt in mich? Er hat nie gesagt, dass er sich in mich verliebt hat. Es ist zu früh für starke Emotionen, die einen umhauen können.

„Ich muss los." Ich drehe mich um, dann drehe ich mich noch einmal zurück und umarme sie kräftig. „Danke für alles!"

Ich eile zur Tür hinaus, aber ich höre sie dennoch sagen: „Ich werde dich vermissen."

Tränen verschleiern meine Augen, als ich gehe. Ich muss nach Hause und packen. Wo ist mein Zuhause? Ich weiß es nicht einmal mehr.

Es dauert nicht lange, mein Zimmer zu räumen. Ich werde später Möbelpacker anheuern müssen, um meine Möbel aus Harpers Garage zu holen. Meine Freundin Meg sagte, ich könne bei ihr in ihrer Wohnung in der City übernachten. Ja, es wird voll mit ihren Mitbewohnern sein, aber wenn ich jetzt nicht gehe, werde ich es nie tun.

MacKenzie arbeitet unten an ihrem Laptop. Harper ist Pizza holen gegangen. Sobald sie zurück ist, werde ich ihnen sagen, dass ich gehe.

Ich gehe nach unten und Felix schießt zwischen meine Beine, und ich stolpere fast. Ich fange mich am Geländer auf, mein Herz rasend. Da wäre ich eine ganz schön lange Treppe runtergefallen. „Ich weiß nicht, ob du mich liebst oder mich umbringen willst."

Er kommt vor mir unten an und geht mit hocherhobenem

und gesträubtem Schwanz davon. Ich schätze, er hat sich genauso erschreckt, als ich über ihn gestolpert bin.

„Pizza ist da!", verkündet Harper.

MacKenzie stellt ihren Laptop beiseite. „Großartig, ich komme um vor Hunger. Hast du Paprika und Pilze bekommen?"

„Ich habe Paprika. Keine Pilze, denn Pilze sind eklig."

MacKenzie dreht sich zu mir um. Findest du Pilze eklig?"

„Nein."

„Es sind Pilze", sagt Harper und geht in die Küche. „Das sagt doch schon alles."

Wir folgen ihr.

MacKenzie holt Teller und Servietten raus. Ich hole Sprudelwasser für MacKenzie und gieße Leitungswasser für Harper ein. Ich weiß, was sie mögen.

Ich setze mich zu ihnen an den Tisch, nehme mir aber kein Stück Pizza.

„Hast du keinen Hunger?", fragt Harper.

Mein Magen knurrt als Reaktion. Ich presse eine Hand darauf. „Ich muss euch Damen was sagen."

Sie starren mich beide an. „Was ist es?", sagen sie fast einstimmig.

„Ich gehe zurück in die City. Heute Abend und für immer."

„Warum?", fragt MacKenzie.

„Ist es wegen Cooper?", fragt Harper.

Meine Kehle schließt sich. Ich nehme mir Harpers Wasser und trinke einen Schluck. „Es ist einfach Zeit."

„Was hat er getan?", verlangt MacKenzie zu erfahren.

„Lass uns nicht fallen, nur weil mein Cousin dich verärgert hat", sagt Harper.

„Es ist einfach ... es ist Zeit. Danke für alles!"

„Warte mal! Wohin gehst du?", fragt MacKenzie. „Ich dachte, du hast noch keine Wohnung gefunden."

„Ich werde bei meiner Freundin Meg übernachten, während ich nach was suche."

Harper wirft mir einen ungläubigen Blick zu. „Meg mit den drei Mitbewohnern?"

„Ja, es wird Spaß machen, wie eine Übernachtungsparty."

„Ein Badezimmer, und zwei Mitbewohner sind Jungs", sagt MacKenzie. „Ich dachte, wir waren uns alle einig, dass das ekelhaft wäre."

„Nun ja, aber ..." Felix springt mir in den Schoß. Ich streichle ihn und finde Trost.

MacKenzie drückt meinen Arm. „Lass uns essen, und dann reden wir weiter, okay? Wir sind doch alle Freunde."

„Wir können wirklich nichts dafür, dass wir mit Cooper verwandt sind", sagt Harper sachlich.

Ich setze Felix hin und nehme ein Stück Pizza. MacKenzie stößt mit ihrem Stück Pizza zum Toast gegen meins. Ich nehme einen Happen, und es ist köstlich.

Zwei Stücke und eine Flasche Wein später, habe ich zugestimmt, die Nacht noch zu bleiben. Morgen ist früh genug, um mein neues Leben zu beginnen. MacKenzie erzählt uns eine Geschichte über einen Kunden, der so fordernd war, dass Nathan ihm eine Unannehmlichkeitsgebühr berechnen wollte.

Wir lachen, sogar Harper, die normalerweise allein beim Klang seines Namens das Gesicht verfinstert. Wir haben uns jetzt im Wohnzimmer auf dem kuscheligen Sofa unter einer gemeinsamen Fleecedecke versammelt. Es ist gemütlich, und ich wünschte mir, ich könnte diesen Moment in Flaschen abfüllen.

„Also, jetzt, da wir dich davon überzeugt haben, länger zu bleiben, willst du uns nicht erzählen, was mit Cooper passiert ist?", fragt MacKenzie. „Vergiss, dass er mein Bruder ist. Das hier ist eine Sisters-vor-Misters-Situation."

Schwestern. Wie sehr ich wünschte, ich könnte bleiben und diese beiden in meinem Leben behalten. Sicher, sie könnten mich in der City besuchen, aber die ist mehr als eine Stunde entfernt. Sie wären beschäftigt, ich wäre beschäftigt. Wir würden auseinanderdriften.

„Ist sein Heldenkomplex im Weg?", fragt Harper. „Du musst ihm nur sagen, er soll sich zurückhalten."

„Das wäre schwer für ihn", sagt MacKenzie. „Wenn es um jemanden geht, den er liebt, wird er alles tun, um sicherzustellen, dass derjenige glücklich ist."

Ich halte den Atem an. „Du bist heute schon die Zweite, die sagt, er sei in mich verliebt. Er hat das nie gesagt. Tatsächlich hat er wiederholt gesagt, dass das, was wir haben, locker ist, keine Erwartungen, kein Druck."

„Süß", sagt MacKenzie. „Er wollte dich beruhigen. Du musst dir euch beide zusammen nur anzusehen, um zu wissen, dass ihr beide wahnsinnig verliebt seid."

Mir bleibt der Mund offenstehen „Was! Ich bin nicht verliebt. Ich habe gerade eine ernste Beziehung hinter mir. Mein Herz ist gebrochen. Ich bin durch mit ..." Ich spreche nicht weiter. Wie kann ich sagen, dass ich mit Männern durch bin, wenn ich so viel Zeit mit Cooper verbracht habe? Es war nicht nur Sex. Wir haben sonntags gemeinsame Tagesausflüge gemacht, zusammen Mahlzeiten eingenommen, während er gearbeitet hat, uns täglich SMS geschrieben.

MacKenzie hat recht. Cooper hat mir zuliebe locker getan, um mich zu beruhigen. Wenn ich so an mein erstes Sonntagsfamilienessen zurückdenke, da hat Hailey gesagt, er sei nie ein Draufgänger gewesen. Ihm liegt was an mir. Aber Liebe?

Bin *ich* verliebt?

Wie konnte ich das zulassen?

Harper stupst mich mit dem Ellbogen an. „Leugnen funktioniert nicht ewig."

Ich betrachte sie beide. „Die Sache ist, mein Ex hat mich zerstört. Er hat mein Vertrauen auf so viele Arten gebrochen. Und jetzt hat Cooper mein Vertrauen gebrochen. Das ist das eine, was ich nicht verzeihen kann."

„Hat er sich entschuldigt?", fragt MacKenzie.

Ich nicke.

„Hat er dich am Altar sitzengelassen?", fragt Harper.

MacKenzie greift über mich, um Harper auf den Arm zu schlagen. Mit der Decke ist das nicht einfach. „Dein verwirrter Sinn für Humor wird hier nicht geschätzt."

Ich ziehe die Decke über uns zurecht. „Er hat hinter meinem Rücken meinen Dad angerufen und ihn dazu gebracht, mich heute vor Gericht für Bagatellfälle zu vertreten. Ich habe euch gesagt, dass Dad und ich uns nicht nahestehen. Er hat mich bei meiner Großmutter abgesetzt, nachdem Mom gestorben war, und hat dann kaum mehr Kontakt zu mir aufgenommen."

Harper neigt den Kopf. „Nun, du hast ausgelassen, dass dein Dad heute vor Gericht war. Also hat Dad den Fall für dich gewonnen?"

„Ja."

„Warum hast du ihm nicht gesagt, er solle gehen?", fragt MacKenzie.

„Weil er Anwalt ist und Quittungen hatte, die den Wert von Moms Schmuck beweisen. Aber das ist nicht das Wichtige hier. Das Wichtige ist, dass Cooper das hinter meinem Rücken getan hat. Wie kann ich ihm wieder vertrauen? Soweit ich weiß, wird er weiter Dinge hinter meinem Rücken tun, natürlich in meinem besten Interesse, und ich werde ständig außen vor sein."

„Aber es hat doch geklappt", sagt MacKenzie.

„Das hat er auch gesagt!", rufe ich. „Ich will mir keine Sorgen darüber machen, was er sonst noch tun wird, ohne es mir zu sagen. Es hätte auch nicht klappen können. Ich hätte ausflippen können, meinen Vater dort zu sehen, ihn rausschmeißen, mich selbst im wütenden Zustand vertreten und den ganzen Fall verlieren können."

Harper hält einen Finger hoch. „Was, wenn du was hinter seinem Rücken tun würdest, das in seinem besten Interesse ist, damit er sehen kann, wie sich das anfühlt? Dann könnt ihr beide euch darauf einigen, das nie wieder zu tun."

Ich schüttle den Kopf. „Das ist lächerlich. Ich habe Pläne gemacht, zu gehen. Ich habe meinen Job bei Love Junkies gekündigt, ich habe meine Sachen oben schon gepackt, und Meg erwartet mich morgen."

Sie werfen mir zwei identisch skeptische Blicke zu.

„Lahme Ausrede", sagt Harper.

„Ach, bitte lass uns was für Cooper planen", sagt MacKenzie. „Es wäre so großartig, seine Reaktion zu sehen. Keine Frau hat je was für ihn getan."

Ich runzele die Stirn. „Keine?"

MacKenzie schüttelt den Kopf. „Seine letzte feste Freundin Brianna hat ihm alles, was er getan hat, zurückbezahlt, indem sie ihn sitzengelassen hat. Sie ist in die City gezogen."

„Oh, Mann, er hat sich wahrscheinlich deswegen in Embryonalstellung zusammengerollt", sagt Harper. „Brianna-Schatten in deinem Fall. Heute war das letzte finanzielle Stück, das du brauchtest, um ihn zu verlassen, er hat dafür gesorgt, dass du es bekommst, und jetzt bist du weg."

Mein Herz schmerzt bei der Vorstellung, dass Cooper in Embryonalstellung daliegt ... Weil er einen doppelten Schlag eingesteckt hat von seiner Ex und von mir. Er hatte auch Herzschmerz. Er macht nichts als geben, geben, geben. Davon kann ich ein Lied singen.

„Geben wir ihm eine Kostprobe seiner eigenen Medizin", sage ich. „Ich habe mir gerade was Tolles ausgedacht, aber es könnte ein paar Tage dauern, bis es möglich ist."

„Ooh, ich bin dabei!", sagt MacKenzie.

„Zeit, den Mann in Not zu retten!", quietscht Harper.

Wir brechen in Lachen aus.

17

———

Cooper

Nachdem Rowan das Happy Endings verlassen hatte, wollte ich nichts anderes, als nach Hause zu gehen, etwas zu schlagen und zu heulen. Aber ich musste arbeiten. Auf keinen Fall würde ich Dad bitten, an seinem freien Tag reinzukommen. Er würde denken, dass ich keine Verantwortung übernehmen kann, und wer weiß, wie lange es dann dauern würde, bis er mich zum Partner macht?

Jetzt ist es eine Woche her, seit Rowan mich verlassen hat, und ich bin wieder im Happy Endings für meine Samstagsschicht. Ich bin von Heulen zum Angepisstsein übergegangen. Jetzt ist alles kristallklar. Frauen benutzen mich und gehen. Kein Mr. Nice Guy mehr.

Meine Eltern tauchen zu meiner Überraschung in der Bar auf. „Hey, was macht ihr denn hier?"

„Eigentlich", sagt Mom, kaum in der Lage, ihr Lächeln zu unterdrücken, „sind wir hier, um dir den Tag freizugeben."

„Hast du keine Hochzeit?", frage ich.

„Nein, der Samstag vor Thanksgiving ist kein beliebter Hochzeitstag."

Dad kommt zu mir hinter die Bar.

Mom winkt. „Ich werde mal sehen, wie es in der Küche läuft. Ich bin heute Manager!"

„Warum?", frage ich Dad.

Er zeigt auf die Stelle, wo Rowan gerade reingekommen ist. „Darum. Sie hat uns angerufen und gefragt, ob wir deine Schicht übernehmen könnten, weil sie was für dich geplant hat."

Klar. Ich soll ihr wahrscheinlich helfen, in Megs Wohnung zu ziehen.

Rowan kommt an die Bar. „Hi!" Ihre Stimme ist leise, als ob sie sich nicht sicher ist, wie ich auf die Tatsache reagieren werde, dass sie meine Eltern hinter meinem Rücken angerufen hat, während ich arbeite, nur damit sie mich um einen weiteren Gefallen bitten kann. Das kann ich klären.

„Hi! Ich weiß nicht, warum du meine Eltern angerufen hast, aber ich gehe nicht."

„Du solltest gehen", sagt Dad.

Ich spreche durch meine Zähne. „Ich möchte nicht gehen."

Dad starrt mich an. „Wenn du nicht gehst, bist du gefeuert."

Rowan wedelt hektisch mit beiden Händen. „Nein, nein, nein, nichts dergleichen. Komm bitte einfach mit mir."

„Gut." Ich komme hinter der Bar raus und gehe zu ihr. „Was?"

„Folge mir."

Ich gehe ihr durch die Tür hinterher, wo eine Gruppe von Frauen steht, die jeweils identische kleine Geschenke in der Hand haben. Moment mal. Ich kenne diese Frauen. Ich habe jeder einzelnen von ihnen geholfen. Da sind Gina, Rachel, Vickie, Samantha und Kristen. Die große Vickie tritt beiseite, um meine Ex Brianna zu enthüllen. Die Spitzen meiner Ohren brennen. Ich kann nicht glauben, dass Rowan Brianna angerufen hat, um zu bezeugen, was auch immer das hier ist. Sie ist die Schlimmste von allen, hat mich fallengelassen, nachdem ihr Leben wieder auf Kurs war.

Brianna ist der Grund, warum ich sauer auf Rowan bin, weil sie dasselbe getan hat. Nur, dass Rowan zurückgekommen ist.

„Worum geht's hier überhaupt?", frage ich.

Vickie tritt vor und überreicht mir das Geschenk. „Danke für alles, was du für mich getan hast. Deine Bemühungen sind nicht vergeudet, versprochen. Ich werde es auf jede erdenkliche Weise zurückzahlen."

Ich starre auf das Geschenk in meiner Hand. „Du musstest mir nichts schenken."

„Das ist meine Art, dir etwas zurückzugeben."

Das ist das erste Mal, dass eine Frau mir irgendwas gegeben hat. Abgesehen von der Familie natürlich. Es ist ein seltsames Gefühl, auf der Empfängerseite des guten Willens zu sein.

Fragend drehe ich mich zu Rowan um. Sie nimmt mir das Geschenk aus der Hand und stellt es auf eine Bank in der Nähe. Ich drehe mich um zu Gina vor mir.

„Hi Cooper! Diesmal hast du eine, die du nicht gehen lassen solltest. Sie wollte kein Nein akzeptieren." Sie reicht mir ein Geschenk. „Vielen Dank!"

„Gern geschehen."

Rowan nimmt mir das Geschenk aus der Hand, als Rachel sich nähert. Dasselbe – ein Geschenk und ein aufrichtiges Dankeschön. Meine Augen sind merkwürdig feucht.

Als Nächstes kommen Samantha, dann Kristen und schließlich Brianna. Ich verkrampfe mich. Ich habe sie seit der Trennung nicht mehr gesehen.

Sie gibt mir mein eigenes Hemd – ein blaues Hemd, das sie am Morgen danach bei mir getragen und dann mitgenommen hat. „Es tut mir leid, wie die Dinge zwischen uns geendet haben. Danke für alles, was du für mich getan hast. Ich bin dir dafür dankbarer, als du weißt. Du hast mir Hoffnung gegeben."

Rowan nimmt mir das Hemd aus der Hand und wirft es über die Rückenlehne der Bank. Ich wende mich den Frauen zu und frage mich, was sie als Nächstes tun werden.

„Bye!", rufen sie im Chor und winken, bevor sie weggehen.

Ich entspanne mich ein wenig, besonders als Brianna geht.

Ich bin über sie hinweg, aber es tut immer noch weh, sie wiederzusehen.

Ich drehe mich zu Rowan um. „Ich bin nicht begeistert, dass du meine Ex hinter meinem Rücken angerufen und all diese Frauen dazu gebracht hast, mir zu danken und mir Geschenke zu machen."

„Aber ich habe es in deinem besten Interesse getan. Du verdienst es, dass man dir dankt."

„Und Brianna hat mir nur mein eigenes Hemd zurückgegeben."

„Du bist besser dran ohne sie."

Ich ramme eine Hand durch mein Haar. „War das eine Art Rache, weil ich hinter deinem Rücken Kontakt zu deinem Vater aufgenommen habe?"

Sie wirft mir ein kleines Lächeln zu. „Zuerst war es das, aber dann dachte ich, es wäre an der Zeit, dass jemand was für dich tut."

Ich sehe ihr ins Gesicht, bin mir ihrer Absichten nicht sicher.

„Cooper, ich will nicht Schluss machen. Du bist das Beste, was mir je passiert ist."

Ich ziehe sie in meine Arme, erleichtert und so dankbar. Ich streiche ihr die Haare aus dem Gesicht und berühre ihre Wange. „Du bist auch das Beste, was mir je passiert ist."

„Die ganze Zeit habe ich versucht, wieder in mein altes Leben zurückzukehren, während ich in Wirklichkeit ein neues Leben brauchte. Ich habe das gemacht, Stück für Stück, aber immer mit einem Fuß aus der Tür. Ich bleibe für dich, für meinen Job bei Love Junkies, für meine neuen Freunde Harper und MacKenzie und für diese wunderbare Stadt, die so warmherzig ist."

„Du musst für mich deine Träume nicht aufgeben. Wenn du in der City leben willst, werde ich es auch. Ich kann zur Arbeit pendeln."

„Aber das ist mehr als eine Stunde zu pendeln!"

„Du bist es wert."

Sie wirft die Arme um meinen Hals. „Ach, Cooper!" Sie

löst sich von mir, um mich anzusehen. „Ich bin glücklich hier, aber es ist schön zu wissen, dass dir genug an mir liegt, um auch für mich umzuziehen."

„Ich liebe dich." Meine Stimme erstickt.

„Ich liebe dich auch."

Ich nehme ihr Gesicht in beide Hände und küsse sie zärtlich. Als ich mich zurückziehe, wischt sie sich Tränen von den Wangen. Sie lacht. „Freudentränen, ich schwöre es. Sollten wir mit Eis feiern?"

Ich schmiege mich an ihren Hals, und sie erbebt. „Ich habe eine bessere Idee."

Sie lächelt. „Ich kann es nicht abwarten."

Mom und Dad kommen heraus. Mir ist das sogleich peinlich. Wie viel von dieser *Frauen-die-mir-Geschenke-geben*-Szene haben sie gesehen? Sie haben wahrscheinlich durch das große Fenster zugesehen.

Mom breitet ihre Arme aus. „Haben wir ein Happy End?"

Rowan nickt. „Ich möchte gern meinen Job bei dir dauerhaft behalten. Es sieht so aus, als ob es Platz für mich gäbe, um zu wachsen. Vielleicht sogar eines Tages ein Partner sein?"

„Das fände ich toll!", ruft Mom und umarmt sie. Sie zieht sich lächelnd zurück. „Außerdem hatte ich nicht vor, deinen Rücktritt zu akzeptieren."

„Was denkst du, ist in all diesen Geschenkverpackungen?", fragt Dad. „Sie sind ungefähr gleich groß."

„Öffne eins", sagt Rowan lächelnd. Ich habe so das Gefühl, dass sie auch die Geschenke koordiniert hat.

Ich reiße das Papier auf, nehme den Deckel von der Schachtel und finde Seidenpapier. Darunter befindet sich ein Schnapsglas mit einem vierblättrigen Kleeblatt, auf dem „Glückstreffer" steht.

„Ha!", sagt Dad. „Weil Clover Park nach dem Klee benannt ist, ich verstehe."

Rowan lächelt. „Clover Park ist Glück. Zumindest ist es das für mich. Ich dachte, du könntest es in der Bar ausstellen. Spoileralarm – sie sind alle gleich."

Dad wirft mir mein Hemd zu. Mom nimmt die Schnapsgläser. „Geht nur, ihr zwei. Genießt den Tag."

„Raus hier!", knurrt Dad und zwinkert Rowan zu.

„Bye!", sagt Rowan glücklich.

Wir gehen Hand in Hand, auf dem Weg zum nächsten
fantastischen Teil unseres Lebens. Zusammen.

EPILOG

Es ist Ende Dezember, nur wenige Tage von Owens und Shaylas Silvesterhochzeit entfernt, und Cooper und ich sind auf dem Weg zum Happy Endings, um Haileys Geburtstag zu feiern. Sie ist wie eine Mom für mich geworden, also schenke ich ihr die Perlenkette meiner Mom. Dads Privatdetektiv hat den Schmuck in einem Pfandhaus aufgespürt und ihn mir zurückgegeben. Als der Pfandleiher erfuhr, dass er gestohlen wurde, hat er ihn rausgegeben. Das ist zumindest die Geschichte, die Dad mir erzählt hat. Ich behalte die Diamant-Ohrringe für mich. Tatsächlich trage ich sie heute Abend. Warum schöne Dinge in einer Schublade aufbewahren? Ich genieße jeden Tag, als wäre es ein besonderer Anlass.

Cooper fährt auf den Parkplatz hinter dem Happy Endings. Er trägt einen marineblauen Anzug, ohne Krawatte, mit einem weißen Hemd, geöffnet am Kragen. Er sieht so gut aus. Ich trage mein schwarzes Lieblingskleid mit einem schwarzen Spitzenschal.

Er küsst mich. „Bereit für meine Familie?"

„Natürlich. Ich habe es an Thanksgiving gut gemacht, nicht wahr?"

„Es hat dich für ein bisschen erschüttert, meine Tante Claire – einen Star – zu treffen, aber du hast dich gut erholt."

Ich rümpfe die Nase. „Bist du sicher, dass du deiner Mom nur einen Geschenkgutschein zu ihrem Geburtstag geben willst?" Er hat eine Geburtstagskarte mit einem Gutschein drin in der Hand. Ich habe ein Geschenk, das sowohl schön als auch bedeutungsvoll ist. „Es ist schließlich deine Mom."

Er küsst mich auf die Nase. „So kann sie sich kaufen, was sie will."

„O-kay, wenn du es so spielen willst."

Er lacht, steigt aus dem Auto und hilft mir aus meiner Seite. Er ist sehr aufmerksam. Nicht nur mit seinen Manieren, sondern er hört auch wirklich zu. Er schätzt meine Meinung. Er schätzt mich. An meinem Hochzeitstag in Clover Park sitzengelassen zu werden, war das Beste, was mir je passiert ist. Wer hätte gedacht, dass ich es mal so sehen würde?

Sobald wir im Restaurant sind, scheint es, als wären alle schon da, schön gekleidet für den Anlass. Fröhliche Ballons und Luftschlangen schmücken den Gastraum und die Bar. Ich sehe ein warmes Buffet und Kellner, die mit Champagner herumlaufen.

„Deine Mom weiß wirklich, wie man eine Veranstaltung plant", flüstere ich Cooper zu.

„Oh, sie hat das nicht geplant", sagt er.

Jemand flüstert: „Sie sind hier." Und dann machen mehrere Leute Psst. Mein Blick fällt auf ein vertrautes Gesicht. Dad?

Ich gehe zu ihm. „Hi!"

„Cooper hat mich eingeladen", sagt Dad schnell. „Ich hoffe, du hast nichts dagegen. Ich möchte wirklich gern dabei sein." Er reicht Cooper seine Hand und schüttelt sie. „Schön, Sie kennenzulernen."

„Sie auch", sagt Cooper.

Ich starre Cooper an, ziehe ihn zur Seite und flüstere dann heftig: „Du hast versprochen, nichts hinter meinem Rücken zu machen."

„Das hier ist ein besonderer Anlass", sagt er. „Vertrau mir. Außerdem wollte ich auch deine Familie kennenlernen."

„Ich vertraue dir ja, aber es ist seltsam. Er kennt deine Mom nicht einmal."

Er zeigt durch den Raum. „Gratulieren wir ihr zum Geburtstag."

Ich folge ihm, wo Hailey neben ihrem Mann Josh steht. „Herzlichen Glückwunsch zum Geburtstag!" Ich umarme sie und reiche ihr mein Geschenk.

„Oh, du musstest mir nichts schenken", sagt Hailey. „Allein mit dir zu arbeiten ist Geschenk genug. Ich möchte dich im neuen Jahr zur Partnerin machen."

Ich lege eine Hand über mein Herz, überrascht. „Jetzt schon?"

„Natürlich! Du bist meine rechte Hand geworden. Wir werden im neuen Jahr über die Strategie für weiteres Wachstum für das Unternehmen sprechen. Du bist in deinem Herzen eine Unternehmerin, genau wie ich."

„Vielen, vielen Dank!"

Ich drehe mich zu Cooper um, um zu sehen, was er von dieser außergewöhnlichen Wende hält, und finde ihn auf einem Knie, mit einem Diamantring in der Hand, den er mir entgegenhält. Mein Herz springt mir in die Kehle. Ich sehe mich um, während sich die Familie versammelt, um Zeuge des bedeutsamen Ereignisses zu werden. Deswegen hat er Dad eingeladen.

„Das ist überhaupt keine Geburtstagsparty, oder?", frage ich.

Seine warmen braunen Augen blicken in meine. „Nein, Süße, ist es nicht."

„Ja!", rufe ich. Nie in meinem Leben war ich mir bei einer Sache so sicher.

Seine Familie lacht. Sein Cousin Rafael, der Fotograf, zoomt auf uns heran, um ein Bild zu machen.

„Lass es mich sagen", bittet Cooper. „Rowan Sanders, als wir uns trafen, war ich begeistert. Du bist eine Frau voller Mut, Klugheit und unglaublicher Schönheit. Ich liebe dich jeden Tag mehr, und das werde ich für den Rest meines Lebens tun. Wirst du mich heiraten?"

Tränen kullern aus meinen Augen. Ich nicke. „Ja."

Er schiebt den Ring an meinen Finger, steht auf und umarmt mich fest. Jubelrufe und Applaus umgeben uns.

Ich lehne mich zurück, um ihn anzusehen. „Du warst sehr geschickt mit der Geburtstagsfeier-Sache. Du hast ja sogar eine Geburtstagskarte gekauft!"

„Ach, du meine Güte!", ruft Hailey und eilt mit der Perlenkette, die ich ihr geschenkt habe, zu uns. „Rowan, das ist zu viel!"

„Sie hat meiner Mom gehört. Ich wollte, dass du sie bekommst, weil du mehr bist als nur meine Arbeitgeberin und Freundin. Du bist wie eine Mom für mich."

Sie umarmt mich und legt mir die Halskette um den Hals. „Dann ist das ein Geschenk von der Mutter an ihre neue Tochter. „Willkommen in der Familie, Rowan."

Meine Unterlippe zittert. Sie zieht mich in ihre Arme, und ich seufze, entspanne mich. Und dann stürmen alle herbei, um uns zu gratulieren.

„Das ist so wundervoll!", ruft MacKenzie und umarmt uns beide gleichzeitig. „Jetzt habe ich eine Schwester!"

Ich werfe ihr ein wässriges Lächeln zu. „Ich wollte schon immer eine Schwester!"

Harper umarmt mich als Nächste. „Sieht aus, als ob eine Kostprobe seiner eigenen Medizin genau das war, was er gebraucht hat. Herzlichen Glückwunsch euch beiden!"

„Danke!", sage ich.

Ein Kellner kommt vorbei, um uns beiden Champagner zu geben.

Josh hebt sein Glas. „Auf das glückliche Paar! Herzlichen Glückwunsch!"

Ich stoße mein Glas gegen das von Cooper, und dann stoßen auch MacKenzie und Harper mit mir an. Ich trinke einen Schluck des sprudelnden Getränks.

„Wir vermissen unsere Mitbewohnerin", sagt Harper zu mir.

„Aww, ich sehe euch doch die ganze Zeit", sage ich. Ich bin letztes Wochenende bei Cooper eingezogen.

„Nicht das Gleiche", sagt sie und zieht einen Schmollmund.

„Felix vermisst dich auch", sagt MacKenzie.

„Ich verspreche, euch alle regelmäßig zu besuchen", sage ich.

„Komm und sieh dir an, wie ich die Schnapsgläser präsentiert habe", sagt Cooper.

Ich gehe mit ihm zur Bar, wo in einer neuen Vitrine seine Glückstreffergläser stehen. „Sehr cool."

„Ich wollte nicht, dass sie staubig werden. Die Leute wollten sie benutzen, aber ich habe Nein gesagt, ich möchte sie in perfektem Zustand halten, denn das ist der Tag, an dem wir uns für immer zusammengefunden haben."

„Süß. Das gefällt mir."

Er geht hinter die Bar. „Das ist wie das erste Mal, dass wir uns getroffen haben. Ich hier, du da." Er macht seinem Cousin Rafael ein Zeichen, der kommt und uns fotografiert.

„Danke, Mann", sagt Cooper zu ihm.

„Kein Problem. Ich werde einfach im Hintergrund sein und einige Schnappschüsse machen, mit denen ich euch später überraschen kann."

„Nichts zu Peinliches", sagt Cooper.

„Erstick den Künstler nicht", sagt Rafael. „Nacktfotos gehören zu meinen besten Arbeiten."

„Klar", sage ich.

Rafael schmunzelt und drückt meinen Arm. „Nochmals herzlichen Glückwunsch!" Er geht davon, aber ich bin sicher, dass sein Teleobjektiv uns immer noch einfangen wird.

Eine Frau mit langen hellbraunen Haaren lächelt uns an. Ihre haselnussbraunen Augen funkeln vor Humor. „Ich wusste nicht, dass ich zu einer Verlobungsparty gekommen bin."

„Ist in Ordnung, May", sagt Cooper. „Wir haben immer noch für die Öffentlichkeit geöffnet. Was kann ich dir bringen?"

„Punkte für den richtigen Namen", sagt sie. „Ein Glas Merlot, bitte."

Ich werfe Cooper einen Blick zu. Ich will nicht, dass er an unserem besonderen Tag arbeitet. Er neigt den Kopf, versteht es. Er gießt den Merlot ein und reicht ihn ihr.

„Das letzte Mal, ich verspreche es", sagt er zu mir.

Sein Cousin Mason taucht auf und klopft Cooper auf die Schulter. „Was arbeitest du denn hier hinter der Bar? Weg hier! Das mache ich."

Mason geht hinter die Bar und wirft May ein sexy Lächeln zu. Sie starrt ihn kurz an, bevor sie ruft: „Ich kenne dich! Du bist der Typ von *Hot Finds*! Ich liebe die Sendung!"

Cooper schließt sich mir an und küsst meine Schläfe. Er ist so zärtlich und wundervoll.

Mason stützt einen Ellbogen auf die Bar und kommt May ganz nahe. „Das bin ich. Cool, dass du dir die Show ansiehst. Wir haben überwiegend eine männliche Zuschauergruppe."

„Du siehst in Wirklichkeit ja sogar noch besser aus!" Sie schlägt sich eine Hand vor den Mund. „Ich kann nicht glauben, dass ich das gesagt habe!"

„Sag, was du willst. Ich höre das gern. Ich bin Mason."

„Ich weiß." Sie lacht. „Ich bin May. Meinen Großeltern hat dieses Lokal früher gehört. Damals hieß es Garner's Sports Bar & Grill."

„Ist das so? Nun, ich freue mich, dass du heute reingekommen bist, May."

„Ich mich auch."

Cooper und ich tauschen einen Blick aus. Scheint, dass sich da eine Liebesbeziehung zusammenbraut, während Mason und May einander in die Augen blicken.

„Noch ein *M*-Name. Davon haben wir eine Menge in meiner Familie", sagt Mason. „Meine drei jüngeren Brüder haben Namen, die mit einem *M* beginnen, zwei meiner Cousins und meine Mom."

„Und jetzt hast du noch ein weiteres *M* kennengelernt."

„May, du bist die Hübscheste von allen."

„Das hoffe ich doch, wenn du mich mit deinen Brüdern vergleichst!"

Sie lachen.

„Mommy! Mommy!" Ein kleines Mädchen, etwa fünf Jahre alt, mit braunen Haaren in Zöpfen, läuft zu May.

May steht auf und hebt sie hoch. „Hattest du heute Spaß mit Tante Alice?"

Ich zucke zusammen, als eine Frau, die genauso aussieht wie May, sich ihr anschließt. Eineiige Zwillinge. „Tut mir leid! Ich habe sie so lange abgelenkt, wie ich konnte."

Mason starrt das kleine Mädchen an und dann May.

„Alleinerziehende Mom", sagt May.

Mason bewegt sich unbehaglich.

„Mommy, das ist ja Mason von *Hot Finds*!", ruft das kleine Mädchen aus. „Kann ich ein Autogramm von dir bekommen?"

„Komm schon", sagt Cooper zu mir. „Ich will langsam mit meiner neuen Verlobten tanzen."

Ich folge ihm. „Aber es gibt keine Musik."

„Hinterzimmer", sagt er, nimmt meine Hand und führt mich in den leeren Raum. Er geht zur Jukebox und spielt ein fröhliches Lied, „Happy Together".

Er wirbelt mich herum und zieht mich an sich. „Das Lied erinnert mich tatsächlich an uns. Glücklich, sobald wir zusammen waren."

Ich wirbele von ihm weg. „Du warst schon glücklich."

Er nimmt meine Hände in seine. „Nie so sehr, wie als ich mich in dich verliebt habe. Ich liebe dich so sehr."

„Ich liebe dich auch so sehr."

Und dann tanzen wir, als würde niemand zusehen. Nur ein froher Tanz zweier Menschen, die füreinander bestimmt ist. Ich lache, als MacKenzie und Harper sich zu uns gesellen, dann Hailey und Josh. In wenigen Augenblicken tanzt die ganze Familie mit uns.

Rafael stößt einen lauten Pfiff aus. „Rowan, Cooper, hier drüben!"

Wir wenden uns der Kamera zu, und er macht ein Foto, verliebt, umgeben von der Familie. Es ist ein wahr gewordener Traum, endlich Teil einer großen, liebevollen Familie zu sein. Auch Cooper ist ein wahr gewordener Traum. Endlich weiß ich, wohin ich gehöre.

Cooper nimmt mein Gesicht in beide Hände und küsst mich zärtlich. Dieser Mann ist jenseits meiner wildesten Fantasien. Ich bin die glücklichste Frau der Welt.

Er flüstert mir ins Ohr: „Ich bin der glücklichste Mann der Welt."

Ich lache. „Ich habe gerade gedacht, dass ich die glücklichste Frau der Welt bin."

„Siehst du? Ein perfektes Paar."

Die Liebe hat sich gezeigt, als ich es am wenigsten erwartet habe. Vollkommen unbequem, aber vollkommen richtig.

Verpassen Sie nicht das nächste Buch der Serie, *Der süße Teil*, mit der alleinerziehenden Mom May, die mit ein bisschen Hilfe von Mason ein Inn eröffnen wird. Aber ist Mason bereit für eine sofortige Familie?

May

Ich habe genug um die Ohren mit der Renovierung meines neuen Gasthauses und mit dem Wirbelsturm, der meine fünfjährige Tochter Sophie ist. Als ich also Mason Shaw treffe, den Star einer Oldtimer-Show, die ich wegen des Augenschmauses regelmäßig ansehe (und damit meine ich nicht die Autos), bin ich vorübergehend begeistert und sprachlos. Leider gilt das auch für Sophie, die glaubt, er sei der Daddy, den sie sich gewünscht hat.

Ich muss Sophie um jeden Preis beschützen. Wir haben das schon einmal durchgemacht, und sie war am Boden zerstört, als die Beziehung in die Brüche gegangen ist. Die einzige Lösung ist, Männern abzuschwören, bis sie aufs College geht. Ich habe sowieso keine Zeit zum Daten.

Nur bietet Mason mir kostenlose Reparaturen im Gasthaus an, genau dann, als ich sie dringend brauche. Ein oder drei selbstgekochte Mahlzeiten sind also das Mindeste, was ich tun kann. Und dann lädt Sophie ihn zu Silvester ein, und von da an führt eines zum anderen. Es ist kompliziert, und ich muss wirklich einen Schlussstrich unter der intensiven Anziehungskraft ziehen. Bald.

Mason

Ich bin nicht bereit, Familienvater zu werden. Verdammt, ich denke noch nicht einmal ans Heiraten. Noch lange nicht. Wenn ich May heimlich treffen könnte, ohne dass ihre Tochter es mitbekommt, wäre es einfach. Nur eine lockere Sache.

Wie ich aber bald herausfinde, gibt es mit einer alleinerziehenden Mutter keine lockeren Sachen. Meine Familie drängt mich, den Kontakt abzubrechen, wenn ich nicht bereit bin, mich zu binden, damit ich dem kleinen Mädchen, das sich nach einem Vater sehnt, nicht wehtue.

Doch scheinbar kann ich nicht wegbleiben.

Erhalten Sie die neuesten Nachrichten zuerst in Kylies Newsletter! https://www.kyliegilmore.com/DEnewsletter

WEITERE BÜCHER VON KYLIE GILMORE

Die Happy End in Clover Park Serie <<Die zweite Generation der Happy End Buchclub-Liebe!

Der Teil mit dem Küssen (Buch 1)

Der sexy Teil (Buch 2)

Der süße Teil (Buch 3)

Liebe von der Leine gelassen Serie << Heiße romantische Komödien mit Hunden!

Fetching – Deutsche Ausgabe (Buch 1)

Dashing – Deutsche Ausgabe (Buch 2)

Sporting – Deutsche Ausgabe (Buch 3)

Toying – Deutsche Ausgabe (Buch 4)

Blazing – Deutsche Ausgabe (Buch 5)

Chasing – Deutsche Ausgabe (Buch 6)

Daring – Deutsche Ausgabe (Buch 7)

Leading – Deutsche Ausgabe (Buch 8)

Racing – Deutsche Ausgabe (Buch 9)

Loving – Deutsche Ausgabe (Buch 10)

Die Clover Park Serie << Brüder, für die die Familie an erster Stelle steht!

Clover Park: Die O'Hare-Familie

Das Gegenteil von wild (Buch 1)

Daisy schafft alles (Buch 2)

In den Falschen verguckt (Buch 3)

Ein Weihnachtsmann zum Küssen (Buch 4)

Raus aus der Tretmühle (Die O'Hare-Familie – Wie alles begann)

Clover Park: Die Reynolds-Marino-Familie

Vermieter küsst man nicht (Buch 1)

Nicht mein Romeo (Buch 2)

Bring mich auf Touren (Buch 3)

Clover Park Braut (Buch 4)

Gewagte Verlobung (Buch 5)

Retter in der Not (Buch 6)

Eine verführerische Freundschaft (Buch 7)

Ein Geschenk zum Valentinstag (Buch 8)

Die Happy End Buchclub Serie << Die Campbell Familie und ein Liebesromanbuchclub prallen aufeinander!

Hollywood Inkognito (Buch 1)

Ärger im Anzug (Buch 2)

Gewagtes Spiel (Buch 3)

Förmliche Vereinbarung (Buch 4)

Wenn der Bad Boy keiner ist (Buch 5)

Ein Störenfried zum Verlieben (Buch 6)

Schicksalsbegegnungen (Buch 7)

Eine Romantische Chance (Buch 8)

Ein sündhafter Flirt (Buch 9)

Ein unbequemer Plan (Buch 10)

Eine Happy End Hochzeit (Buch 11)

Die Rourkes aus Villroy << Prinzen, bei denen man ins Schwärmen gerät, und ebenso fantastische Prinzessinnen

Königlicher Fang (Buch 1)

Königlicher Hottie (Buch 2)

Königlicher Darling (Buch 3)

Königlicher Charmeur (Buch 4)

Königlicher Playboy (Buch 5)

Königlicher Spieler (Buch 6)

Die Rourkes aus New York

Abtrünniger Prinz (Buch 1)

Abtrünniger Gentleman (Buch 2)

Abtrünniges Schlitzohr (Buch 3)

Abtrünniger Engel (Buch 4)

Abtrünniger Fratz (Buch 5)

Abtrünniger Beschützer (Buch 6)

Die Clover Park Charmeure Serie << süße und sexy Charmeure!

Beinahe drüber weg (Buch 1)

Beinahe zusammen (Buch 2)

Beinahe Schicksal (Buch 3)

Beinahe verliebt (Buch 4)

Beinahe romantisch (Buch 5)

Beinahe frisch verheiratet (Buch 6)

Sehen Sie sich auf meiner Website die aktuelle Liste meiner Bücher an: https://www.kyliegilmore.com/deutsch/

ÜBER DIE AUTORIN

Kylie Gilmore ist die *USA Today Bestsellerautorin* von über fünfzig humorvollen zeitgenössischen Liebesromanen. Zu ihren Serien gehören *Liebe von der Leine gelassen*, *Die Rourkes*, der *Happy End Buchclub*, *Clover Park* und *Clover Park Charmeure*. Mit mehr als drei Millionen Downloads ihrer Bücher lieben es Leser auf der ganzen Welt, sich in ihre urkomischen Wohlfühlromanzen zu flüchten, die sich durch starke Bindungen zwischen Familie, Freunden und der Gemeinschaft auszeichnen.

Kylie lebt mit ihrer Familie in New York. Wenn sie nicht schreibt, heiße Liebesromane liest oder sich bei Konferenzen pflichtbewusst Notizen macht, findet man sie sicher dabei, wie sie gerade mit Freuden etwas kreiert, das sicherlich ein zukünftiges Familienerbstück sein wird.

Melden Sie sich für Kylies Newsletter an, damit Sie keine ihrer Neuerscheinungen verpassen. https://www.kyliegilmore.com/DEnewsletter

Mehr finden Sie auf Kylies Website https://www.kyliegilmore.com/deutsch/

9 781646 581504